三岛由纪夫精品集

潮骚

[日]三岛由纪夫 – 著

丁锦 – 译

北京理工大学出版社
BEIJING INSTITUTE OF TECHNOLOGY PRESS

版权专有 侵权必究

图书在版编目（CIP）数据

潮骚 /（日）三岛由纪夫著；丁锦译. —北京：北京理工大学出版社，2020.12

（暴烈之美：三岛由纪夫精品集）

ISBN 978-7-5682-9142-2

Ⅰ.①潮… Ⅱ.①三… ②丁… Ⅲ.①中篇小说—日本—现代 Ⅳ.①I313.45

中国版本图书馆CIP数据核字（2020）第197660号

出版发行 / 北京理工大学出版社有限责任公司
社　　址 / 北京市海淀区中关村南大街5号
邮　　编 / 100081
电　　话 /（010）68914775（总编室）
　　　　　（010）82562903（教材售后服务热线）
　　　　　（010）68948351（其他图书服务热线）
网　　址 / http://www.bitpress.com.cn
经　　销 / 全国各地新华书店
印　　刷 / 三河市金元印装有限公司
开　　本 / 880毫米×1230毫米　1/32
印　　张 / 5　　　　　　　　　　　　　　责任编辑 / 赵兰辉
字　　数 / 93千字　　　　　　　　　　　　文案编辑 / 李文文
版　　次 / 2020年12月第1版　2020年12月第1次印刷　责任校对 / 刘亚男
定　　价 / 219.00元（全6册）　　　　　　　责任印制 / 施胜娟

图书出现印装质量问题，请拨打售后服务热线，本社负责调换

目 录
contents

第一章 | 001

第二章 | 008

第三章 | 017

第四章 | 022

第五章 | 028

第六章 | 038

第七章 | 048

第八章 | 055

第九章 | 070

第十章 | 081

第十一章 | 093

第十二章 | 102

第十三章 | 114

第十四章 | 124

第十五章 | 140

第十六章 | 149

第 一 章

歌岛是一座方圆不过四公里、仅有一千四百人的小岛。

远观歌岛，有两处景致最佳，其一便是坐落于小岛最高处、面向西北的八代神社[①]。

在此眺望，可将小岛所处的整个伊势海湾以及伊势海周边景致一览无余。北面与知多半岛[②]相邻；由东至北，横跨渥美半岛[③]；西面隐约可见从宇治山田到四日市的海岸线。

登上两百级的石级，缓步至有着一对石狮的牌坊[④]前回首，便能看到依然维持着远古风貌的伊势海被这些远景环抱。原先此处有一株枝叶交错、呈现天然牌坊形状的"松牌坊"，仿佛为旖旎的景致

[①] 熊本县八代市妙见区的神社，原名为妙见宫。后因是八个朝代中最大的神社，深受人们敬仰，就此改名为八代神社。
[②] 位于爱知县西部，名古屋市以南，南北突出的一个半岛。
[③] 位于爱知县一全长约50公里、宽5至8公里的细长半岛，是日本太平洋海岸少数的几个东西走向的半岛。
[④] 日本神社入口处建的"开"字形大门柱，用以表示神域。

配上了一个趣意盎然的天然画框。但可惜的是，这株松树于数年前便枯死了。

松树尚是浅绿时，近岸的海面已被春日的海藻晕染成了朱红色。因为港口这儿不断刮着来自西北的季风，若是要在此欣赏美景的话，可是十分寒冷的呢。

八代神社供奉着海神——绵津见命①。这种对海神的信仰源于渔夫们的日常生活，他们总在这儿祈祷出海平安。若是他们出海遭遇了海难，在获救后的第一件事便是向八代神社呈献奉纳金。

在八代神社内有六十六面铜镜被视为珍宝。其中既有大约八世纪时期的葡萄镜，也有在日本仅存的十五六面六朝镜的复制品。那些被雕刻于镜子背面的鹿和松鼠群，在远古时代从波斯的森林出发，越过广袤的陆地，沿着八重的海路辗转半个地球才来到这座小岛，最终安居于此。

岛上的另一处美景是临近小岛东山山顶的灯塔。

灯塔屹立于断崖之上，崖下不绝于耳的是伊良湖水道②传来的海浪声。这片连接伊势海和太平洋的狭长海峡，在起风的日子里会掀起一团团巨大的漩涡。与渥美半岛一端仅隔着一条航道，伊良湖岬那小小的无人灯塔就那么矗立在乱石丛生、无比荒凉的岸边。

---

① 日本神话中的海神。
② 位于爱知县田原市，与太平洋、伊势湾、三河湾相对望，处于渥美半岛边端。

从灯塔上向东南而望,太平洋一隅可尽收眼底。在西风呼啸的黎明时分,偶尔还能隔着东北的渥美湾群山,影影绰绰地看到富士山。

从名古屋和四日市进出港的轮船,沿着伊良湖水道,穿梭于湾内至外海的无数渔船间。此时,灯塔看守人可通过望远镜,快速而准确地报出船名来。

望远镜里三井海运的货轮——载着一千九百吨货物的"十胜丸号"缓缓进入视野。两名身穿藏青工作服的船员边走边闲聊着。

须臾,英国的"塔里斯曼号"也驶入了港口,主甲板上正在玩套圈游戏①的船员身影是那么清晰而渺小。

灯塔看守人进入值班小屋,坐在办公桌前,将来往船只的船名、信号符号以及通过的时间和方向逐一记录在船舶通行记录表上,并将这些内容以电文的形式发出去。受益于这种技术的联络,港口上的货主才能早早就做好交接的准备。

一到下午,东山遮挡了落日,便使得灯塔周围变得有些昏暗。雄鹰在明亮的海面上空不住盘旋,时而像是测试翅膀功能似的拍打双翼,忽而摆出一副要从高处俯冲下来的姿态,当你以为它要冲下来时,却见它轻盈地在空中一顿,继续翱翔天际。

夜幕徐徐落下时,一名年轻的渔夫,手上提着一条肥硕的比目鱼,从村里出发,踏上了前往灯塔的山道。

---

① 一种叫作deck-quoits的套圈游戏,是游船上船员和乘客们的一种消遣。

这个年仅十八岁的年轻人，前年刚从新制中学毕业。他身形壮硕，体格雄伟，倒是那张洋溢着稚气的脸蛋与他的年龄比较相称。他一身被晒得黝黑的皮肤、俊挺的鼻梁与皲裂的嘴唇颇具这个小岛的特色，一双黑若点漆的眸子异常清澈明亮，当然这种清澈只是这片大海给以海为生者的馈赠，并非是知性智慧的象征，因为他在学校里的成绩实在不堪入目。

他今日依然一身渔夫装扮，身上穿着已故父亲留下来的裤子和简陋的工作服。

此刻，他穿过业已宁静下来的小学校园，踏上水车一旁的斜坡，踩着石级来到位于八代神社后方的庭院里。在庭院中能看到被轻薄暮色笼着的、泛着白光的桃花。从此处出发不到十分钟便能抵达灯塔。那山路煞是崎岖，若是那些对此处不甚熟悉之人，就算在白天行走也难免磕磕碰碰，甚至会摔倒，可对这位年轻人来说，根本就是驾轻就熟之事，即便是闭着双眼行走，他也能顺利地踩着松树根和岩石前进。即便如现在边思索边行走，也浑然妨碍不到他。

方才趁着太阳尚未下山，载着这个年轻人的"太平号"回到了歌岛港。年轻人和船主以及一名同伴，每天都会乘着这艘装着引擎的小船出海捕鱼。回到港口，他会把当日所捕获到的鱼搬到工会的船只上，再将船拉向岸边。他拎着一尾比目鱼，打算拿去灯塔长家里，却突然想到要先回趟家，于是沿着海岸一路行走。这时，暮色渐沉笼罩着港口,还有许多渔船在人们喧闹不已的吆喝声中靠岸,整个海滨都沉浸在一片喧哗中。

海滩上,一名陌生的少女靠在一种叫"算盘"的坚固木架子上稍作休息。那是卷扬机①把船拖上岸时,装在船底部的工具,可以把船一点点向上挪动。看着光景,少女似乎是刚完成这项操作,是以依靠着工具在那里歇一口气。

此刻女子香汗淋漓,面色绯红。尽管寒风十分强劲,但因为刚干完活,她倒也乐得将因劳作而流汗的脸庞袒露在风中,任那西风吹拂自己的秀发。她穿着棉质的无袖衫和工作裤,手上套着一副由粗白线织的劳动手套,只是此时这手套显得脏兮兮的。她肤色十分健康,与其他女子无所差异,只是眉眼显得更明媚清秀些。

她一直仰着头凝望着西海岸的上空,那里夕阳的一抹余晖,正缓缓没入层叠的黑云之中。

年轻人似乎从未见过这张脸。照理说,在歌岛不应该有他不相识的人啊!如果是外来之人,他一眼就能认出来,可这少女的装扮瞧着也不像是外来的人。只是她独自凝望大海的神情,与岛上其他

---

① 用卷筒缠绕钢丝绳或链条提升或牵引重物的轻小型起重设备,又称绞车。卷扬机可以垂直提升、水平或倾斜拽引重物。卷扬机分为手动卷扬机、电动卷扬机及液压卷扬机三种,以电动卷扬机为主,可单独使用,也可作起重、筑路和矿井提升等机械中的组成部件。因操作简单、绕绳量大、移置方便而广泛应用,主要运用于建筑、水利工程、林业、矿山、码头等的物料升降或平拖。

开朗快活的女性截然不同。

年轻人故意从那少女面前经过,像幼儿好奇地打量新奇事物般,站在少女跟前认真地观摩起来。少女柳眉轻蹙,依然凝视着大海,眼神根本不曾瞥向年轻人。

年轻人在"考察"完少女之后,便一言不发地离开了。当时的他只顾着沉浸在好奇心被满足的幸福感中,直到过了很久,在爬上通往灯塔的山路时,才想到方才那么盯着人家看有多羞耻与失礼。

年轻人透过一排排伟岸的松树缝隙,看着那波涛汹涌的海潮隆隆作响。皎月未升起之前,海面显得十分晦暗。

当他转过"女人坡"时,身处高处便看到灯塔那明亮的窗户了,传言在此处会遇到体型高大的女妖。年轻人觉得那灯塔的亮光着实有些刺眼,由于村子里的发电机出了故障,所以现有的照明物便是昏暗的煤油灯。

年轻人为了感谢灯塔长对他的照拂,时不时将捕获到的鲜鱼送去灯塔长那里。在中学临近毕业时,年轻人因考试落榜险些被延迟毕业,亏得年轻人的母亲经常去灯塔附近捡用来烧火的松叶,这么一来一往间与那灯塔长的夫人进而相识,有了交情。母亲向那灯塔长夫人吐露衷肠,若是儿子毕业被延期,家里的生计恐难维持。于是夫人将此事告知灯塔长,灯塔长便托了身为校长的挚友。得益于此,年轻人才能顺当毕业,免于留级。

自打中学毕业后,年轻人便开始出海捕鱼。因心存感激,他经常将捕来的鱼送到灯塔长家里,还帮他们跑腿买东西。故此灯塔长夫妇对年轻人也极为疼爱。

在通往灯塔的水泥阶梯前,靠近一片小田地的地方便是灯塔长的官邸。透过厨房的玻璃窗,能看到灯塔长夫人晃动的影子,应该是在准备晚餐。年轻人从窗外招呼了一声,夫人便把门打开:

"哟,是新治啊!"灯塔长夫人接过年轻人默默递上的比目鱼,便高声喊道:

"孩子他爸,久保送鱼来了。"

屋里头传来灯塔长的声音:

"真是每次都辛苦你了,谢谢了啊!进来吧,新治。"

年轻人有些腼腆地站在厨房门口。此刻比目鱼已经躺在了白色的大搪瓷盘里,鲜血从翕动着的鱼鳃里流了出来,一点点渗入了光滑雪白的鱼身上。

第 二 章

次日清晨，和往常无二，新治跟着师傅的船出海捕鱼了。白茫茫的海面上映着黎明时分的天空，半明半暗。

抵达渔场，约莫要花一小时。新治把黑色胶皮围兜套在身上，戴上长胶手套。这围兜恰好上至上衣前胸，下至套着长筒胶鞋的膝盖处。新治巴巴地站在船头，目送着船只前行，一边看着它缓缓地驶入灰色天空下的太平洋方向，一边思索着昨晚从灯塔回来后一直到睡前的事。

逼仄狭小的屋内，一盏晦暗不明的油灯悬挂于炉灶旁，母亲和弟弟正等着他回来。弟弟年仅十二岁。自打父亲在战争的最后一年死于机关枪扫射以后，数年间一直是母亲一人凭借做海女的收入，挑起了一家子的重担，靠着这微薄的薪资维持了一家人的生计，一直到新治能够独当一面、外出工作为止。

"灯塔长是不是很高兴呀？"

"嗯，的确看着很高兴，他一再请我进屋，还请我喝了可可呢。"

"可可？那是什么呀？从未听闻过。"

"有点儿像是西方的红豆汤吧。"

母亲几乎不懂得如何做菜，故此做起菜来不外乎就是把鱼切片做成刺身，或是用那酱料做成凉拌菜，抑或是把整个食物都拿来烤或是一锅煮。这不眼下盘子里就完完整整地放着一整条煮熟的新治捕回来的鳍鱼，因为母亲根本没能在烹煮之前清洗干净便草草下锅，所以吃鱼肉时还能吃到沙砾。

新治期待着在饭桌上从母亲口里听到有关那个陌生少女的传闻。可惜母亲是个不爱发牢骚，也不喜在背后议论他人的女人。

晚饭之后，新治带着弟弟去澡堂泡澡。他指望着在澡堂里或多或少能打听到一些关于那个少女的事。只可惜等他们到达澡堂的时候已经太晚了，澡堂里几乎空无一人，就连原本清澈的洗澡水也变得有些脏，偌大的澡堂里就剩下渔业工会会长和邮局局长泡在那儿，有一句没一句地聊着政治问题，两人破锣锅似的大嗓门回荡在空荡荡的澡堂里。兄弟俩向两人行了注目礼示意后，就缩在浴池一角泡澡。听了许久的新治，发现他们始终只聊着政治话题，根本没有谈及那个让自己魂牵梦绕的少女。不一会儿，弟弟就从浴池里出来了，新治也只好跟着出来。出来后他问弟弟原因，才知原来今天在玩剑道游戏时，弟弟不慎用竹剑打到了渔业工会会长儿子的脑袋，还把他给打哭了。

平时躺下便能入睡的新治，那一晚在床上十分亢奋，久久不能入眠。对于从来没生过病的他来说，有些担忧自己是不是生病了。

这种奇妙的不安持续到翌日早晨。可是当新治站到船头，看着前方烟波浩渺的大海时，日常劳动时的活力涌上身来，那种莫名的焦虑与不安也就逐渐平静了下来。轰隆隆的引擎震得船只微微晃动，清晨凛冽的寒风迎面扑打在年轻人的脸颊上。

右方悬崖高处，灯塔的光辉早已熄灭。在早春新绿尚浅、褐色树群的映衬下，伊良湖水道澎湃而激起的浪花，在氤氲弥漫的晨景中白得格外抢眼。掌舵师傅熟练地操作着船舵，太平号顺利地通过了水道的漩涡之处。若是换成大型巨轮想要通过这条水道的话，必定得通过那时常掀起浪花的两处暗礁之间才行。航道水深一百四十四到一百八十多米，而暗礁上则只有二十三到三十六米深。于是，从这条航道的浮标周围开始，到太平洋方向都被渔夫们投下了许多捕章鱼的壶罐。

歌岛一年捕获的鱼中有八成都是章鱼。十一月开始便是章鱼的汛期，在春分时开始捕长枪乌贼，汛期前便要接近尾声了。这也就意味着，渔夫们要趁着天气乍暖未寒时对章鱼进行捕捞，汛期时，畏寒的章鱼们会从伊势海游向太平洋深处，这些壶罐悄悄地在章鱼的途经之处默默等待着它们。眼下已非捕获章鱼的最佳时节了。

歌岛靠太平洋那一侧的地形地貌，对于那些老到的渔夫来说，早已熟记于心，熟悉到浅海海底地形的每个角落都像自己家的后院一般。

渔夫们时常这么说："这海底一旦暗下来的话，就跟盲人推拿一样了。"他们借助罗盘司南之类来辨别方向，然后通过对比远处海角的山群，凭借最高处与最低处之间的差距来确定船只的位置。唯有确定了位置才能知晓所处海域海底的地形。许多绳子悬挂着数百只陶制壶罐，整齐而有序地排列在海底，而拴在缆绳各处的浮标，随着海浪此起彼伏，不住摇曳。新治与另外一个年轻人龙二，都觉得只要好好干自己的体力活就行，捕鱼那些技术活是身为船主同时也是师傅的捕捞长才能胜任的。

捕捞长大山十吉，长着一张像是被海风揉捏熟了的皮革脸，皱纹的沟壑里也被晒得黝黑，手上交错的纹路已然分不清哪个是嵌着污垢的皱纹，哪个是捕鱼时留下的疤痕了。十吉的性子十分安静，且不爱笑，虽然有时会因指挥捕鱼而扯着大嗓门发布号令，但绝不会因为生气而对人大吼大叫。

十吉在捕鱼时，单手调节引擎，基本寸步不离守着尾橹处。出了海后眼前豁然开朗，先前那些不见踪影的渔船星罗棋布地出现在洋面上，人们挂着单纯的笑容互相打着招呼。十吉降低引擎马力，到达自己的捕鱼场后，向新治示意，让他把传动皮带系挂在引擎上，再把它绕到船的旋转轴上。船沿着捕章鱼的壶罐缓缓行驶时，这个旋转轴会带动船舷外的滑轮。年轻人们要把这个挂着章鱼壶罐的缆绳拴在滑轮上，然后倒转上来。必须不断倒传，否则缆绳又会滑回去。而且要把浸了海水而变重的绳子从水里拉上来，就更需要力气了。

稀薄的日光隐隐约约地被锁在水平线上的云层里。两三只鸬鹚伸着长长的脖子，在水面游动。往歌岛方向看，向南的断崖被那里群居的鸬鹚留下的粪便染得雪白。

寒风凛冽，新治边用滑轮将缆绳卷上来，边眺望着蔚蓝的大海。看着大海，他立马能从中感受到自己挥汗如雨、奋力干活的斗志。滑轮开始转动了，被浸得湿漉漉的缆绳从海水里转了上来。新治那戴着胶皮手套的手，紧握着冰冷又坚固的缆绳。缆绳在通过滑轮被转上来时，周围溅起了冰雨般的水花。

紧接着，红褐色的章鱼罐浮出了海面。龙二等候着那个时机，转上来的壶罐若是空的，就在壶罐触碰到滑轮之前，迅速将里面的海水倒出来，再让它被缆绳拉回海里。

新治两腿张开，一只脚用力踏在船头，好像能从海里拉上来什么似的，不断地往上倒拉着缆绳。缆绳好似完全在新治的掌控之下。但其实并非如此，接二连三转上来的壶罐都是空的，好像在嘲笑新治。

相隔七至十米的壶罐已经连着有二十个都是空的了。新治依旧倒转着缆绳，龙二负责将空罐里的海水倒出来，十吉则边握着橹，边不动声色地关注着两个年轻人。

渐渐地，新治的背上开始渗出汗水。汗珠在被晨风拍打的脸颊上闪闪发光，脸颊已经变得火红了。日出终于透出云层明亮起来，将这两个年轻人朦胧而跃动的身影投射在脚下。

龙二没有把转上来的壶罐放回海里，而是把它们倒上了船。十吉转停了滑轮，新治这才回头看向壶罐。龙二用木棍捅了捅壶罐，但也不见章鱼从里面出来。他继续用力搅动，章鱼才像午睡睡得正酣的人被叫起来一样，不情愿地挪了出来，伏在甲板上。器械室前的大鱼槽的盖子被弹开，今天首个大收获，伴着低沉的声响，一下子被倾泻在槽底。

"太平号"整个上午几乎都是在捕章鱼中度过的，却只有五尾章鱼那么点收获。风停了，晴空万里，阳光普照。"太平号"穿过伊良湖水道，回到了伊势海。那里是禁捕区，他们准备在那儿偷偷垂钓。垂钓，就是把结实的鱼钩投到海里，再让船向前行驶，鱼钩就像铁耙一样在海底钩来钩去。将挂了许多钓钩的绳子平行地系在缆绳上，让它沉入海里。再隔一会儿，四条鲔鱼和三条舌鳎鱼跳出水面，新治赤手就将它们从鱼钩上取了下来。鲔鱼露出白腹，躺在血迹斑斑的甲板上。舌鳎鱼那两只被埋在皱纹里的小眼珠和那湿透了的黑色躯体上都倒映着蔚蓝色的天空。

到了午饭时间，十吉将捕获的鲕鱼放在引擎前的盖子上，切成生鱼片，将它分到三个人的铝质饭盒盖上，再淋上装在小瓶子里的酱油。三人端起角落放着两三片萝卜咸菜的麦饭便当，让船随波荡漾着。

"宫田家的照大爷把他女儿喊回来了，你们知道吗？"十吉突然说道。

"不知道。"

"不知道。"

两个年轻人都摇摇头，于是十吉继续说道：

"照大爷生了四个女儿、一个儿子，他觉得女儿过多，三个出嫁，一个给人家做养女了。最小的那个养女叫初江，被过继给志摩老崎①的海女了。但是没想到他那儿子去年突然心脏病发作死了，他就成了个鳏夫，一个人太冷清，就把初江给叫回来，重新落户，还想招个女婿回来。初江长得可漂亮了，很多年轻小伙都想来做上门女婿，可厉害了。嘿，你们两个，怎么样啊？"

新治和龙二相视一笑。两个人其实都脸红了，只是因为被太阳晒得太黑，那红潮便看不出来。

---

① 三重县志摩市的一个美丽海峡。

新治已经将十吉刚刚说的这个女孩儿与他昨天在海滩上见到的女孩儿无缝联系在一起了。但想到自己贫乏的财力，昨日近在咫尺的女孩儿此刻变得遥不可及。宫田照吉是个财主，山川运输公司用的一百八十五吨级的机动帆船"歌岛丸号"和九十五吨级的"春风号"都是他的。他还是出了名的爱训斥人，一骂人就会竖起狮子鬃毛一样的白头发。

新治考虑问题向来都很实际，自己才十八岁，他觉得考虑男女之事还为时过早。与能接触众多刺激的都市环境下成长的年轻人不同，在歌岛既没有什么弹子房，也没有什么酒吧，更别说什么妖娆魅惑的陪酒女。对于这个年轻人来说，他最朴素的梦想就是将来能够拥有一艘机动帆船，带着弟弟在港口沿岸从事运输行业。

新治虽然被广阔无际的大海围绕，却从未有过不着边际的去海外大展身手的梦想。海对于渔夫，就像田地对于农夫一样。海，是他们的生活场所，浮动不定的白色波浪就犹如田间的麦穗，在清一色的湛蓝的软土上不断摆动。

尽管如此，这天捕鱼结束后，看着白色货轮缓缓前行在水平线上的夕阳前，新治的心里还是涌现出异样的感动。世界以他没法想象的广袤由远及近，犹如远雷，从远方轰鸣而至，然后又消失得无影无踪。

船头的甲板上，有一只干瘪的小海星。坐在船头的年轻人不由得将视线从晚霞上移开，轻轻地摇了摇那缠着白色厚毛巾的脑袋。

第 三 章

那一晚，新治去参加青年会的例会。以前叫"寝屋"的东西，演变成了现在的"合宿"。与自己家相比，许多年轻人更喜欢去海边煞风景的小屋里过夜。在那里，针对教育、卫生、打捞沉船、海滩救援，或是自古以来年轻人的一些活动，比如舞狮、盂兰盆舞等展开激烈讨论，共同生活，可以让这些年轻人感到自己作为一个男子汉，肩上所担负的沉重而又愉悦的责任。

海风把防护窗吹得咯咯作响，煤油灯摇摇晃晃，时明时暗。窗外，夜里的大海步步逼近，对着煤油灯晕染下、快活的年轻人的脸庞，响起轰鸣，诉说着来自大自然的不安和力量。

新治一进屋，便看见煤油灯下的一个年轻人，正趴着让他的伙伴拿着生了锈的锥子给他剃头。新治微微一笑，到墙角抱膝坐了下来。新治就这样习惯了在一边默默地听着别人的谈论。

年轻人们高声笑着夸耀自己捕鱼的成果，毫不客气地互相吐槽。喜欢读书的青年也极其专注地看着每月发行的书刊。有的则也用同样的热情看着漫画本,用他那与年龄不太相符的关节突出的手摁压着书页,一时半会儿没看懂那页的笑点,仔细想了两三分钟后才大笑起来。

在这里,新治也听到了一些关于那个少女的事。一个牙齿不齐的年轻人张嘴笑着:

"要说初江嘛……"

这些只言片语进入了新治的耳朵。而后来的内容则被嘈杂声与笑声覆盖了。

新治本是个没有心思的年轻人,却被这个名字搞得非常苦恼,像是患了不治之症一样。光是听到那个名字,他就脸颊通红,心跳加速。明明是很安静地坐着,却出现了在劳动时才会有的状态,想想就有些可怕。他用手捂了捂脸颊,脸颊的火辣程度几乎令他不相信这是自己的脸。这种连自己也想不明白的表现,触到了他的自尊心,莫名的愤怒让他的脸更加红了。

大家就这样等着部长川本安夫的到来。川本安夫虽然年仅十九岁,但生于村里的名门,有能力随时把人拽走。即使只有这个年纪,但因已具有那样的威严,所以每次集会他一定姗姗来迟。

门轻松地被打开,安夫来了。他胖乎乎的,长着一张像他父亲喝醉酒后的红彤彤的脸。虽不至于让人讨厌,但那眉宇间还是透着一丝狡猾。他用一口标准的普通话说:

"不好意思,来晚了。那就赶紧开始计划下个月的事吧。"

他边说着,边坐到桌前,翻开笔记本。不知为什么,安夫好像很着急的样子。

"除了之前说好的举办敬老会和修田间路,还要加上一个村里委托下来的清扫下水道灭鼠,这些都能在风雨天不能出海的时候进行。灭鼠的话,什么时候都可以。就算不是下水道,在其他地方打死老鼠也不会被警察抓嘛!"

大家笑了。

"哈哈哈,好,说得好!"有人说着。

也有人建议请校医做卫生演讲报告、举办辩论大会等,但由于旧历新年刚过,年轻人对办这些事都提不起兴趣。然后就是讨论油印的机关报《孤岛》,一个爱读书的年轻书生朗诵了随笔最后引用的保罗·维拉列的诗句,却成了众矢之的。

> 不知悲伤从何而来
>
> 我的心从海底深处
>
> 蠢蠢欲动
>
> 展翅翱翔……

"什么叫蠢蠢啊?"

"蠢蠢就是蠢蠢呀！"

"会不会搞错了，是慌张吧？"

"是啊，是啊，慌慌张张地疯狂，就说得通了。"

"保罗·维拉列是什么啊？"

"法国的著名诗人呀！"

"谁呀？不认识，是不是从哪首流行歌里挑出来的？"

每次例会都像这样交锋着结束，部长安夫匆匆忙忙就回去了，还摸不着头脑的新治便找了个伙伴询问。

"你不知道吗？"那伙伴说道，"宫田大爷家的女儿回来了。部长要去参加庆祝宴会呀！"

新治没有被邀请参加宴会。平时会和伙伴说笑着回家的他，今天却反常地独自跑了出来，沿海滨向八代神社的石级走去。在他的斜前方，鳞次栉比的房屋中，他找到了宫田家的灯光。那灯光和其他人家的一样，都是煤油灯的光。虽然看不见里面宴会的样子，煤油灯敏感的火焰一定会将少女清秀的眉宇与她纤长的睫毛投影在她脸颊上，摇曳晃动着。

新治来到底下那层台阶，抬头仰望两百级台阶，上面稀稀散落着松树影。他拾级而上，木屐发出咯吱咯吱的声音。神社四周杳无人影。神官家的灯也已经熄灭了。

年轻人即使是一口气登两百级台阶，也毫不气喘。新治挺着结实的胸膛在神社前倾斜身躯,虔诚地鞠了一躬,向香资箱投了一枚十日元硬币,然后毅然决然地再投入了一枚。在响彻庭院的合掌声中,他这样祈祷着:

"神啊,请保佑我出海平安,渔业丰收,我们村越来越繁荣!我虽然还年轻,但总有一天会成为独当一面的渔夫,熟知大海、鱼、船和天气,什么都精通,成为一个厉害的人!还请保佑我和蔼的母亲与年幼的弟弟!在海女下海的季节,希望母亲能平安度过!然后,还有个可能不像话的请求,希望像我这样的人,有朝一日也能娶到温柔漂亮的媳妇,就像宫田照吉家刚回来的女儿那样的姑娘……"

一阵风拂过,树梢簌簌作响。风吹进神社的黑暗深处,发出了阴森的响声,仿佛是海神在回应着年轻人的诉求。

新治仰望星空,深深呼了一口气,心中默默地想道:

"提这种无理的祈求,神该不会处罚我吧。"

第 四 章

从那过后四五天,在一个刮大风的日子,海潮高涨,越过歌岛港的堤防,水花四溅。海上四处都卷起了白色的浪头。

虽说是晴天,但由于风浪,全村人都没有出海捕鱼。母亲给了新治一份差事,让他在上午搬运完青年会的石材后,去山上把她采集的柴火给搬回来。被采集的柴火都被放在山上哨所遗址里,那是以前陆军用来观测导弹的地方。那些系了红色布条的柴火便是母亲的柴火。

新治背着用柴火做的木筐出门了。上山的路得经过灯塔。再转过女人坡时,便奇迹般地没有一丝风了。灯塔长家里不知是不是因为在午睡,此刻也是一片寂静。灯塔的值班室里,回荡着收音机中的音乐,能看到灯塔看守人面朝桌子的背影。爬到灯塔后松树林的斜坡以后,新治开始冒汗了。

山上鸦雀无声,不仅没有人影,连一只野狗徘徊的影子也不曾看见。在这个岛上,由于忌讳冒犯土地神,不要说野狗,连一只家狗都没有。因为岛上都是斜坡,且土地面积很小,连一些用来搬运的牛马也没有。要说家畜的话,只有一些家猫了。在家家户户的房屋间隔中,垂落下的一段段石头小路上,家猫们正用它们的尾巴抚弄着那些凹凸不平、错落有致的房檐倒影。

年轻人爬上了山顶。这是歌岛最高的地方了。但是由于被杨桐、茱萸等一些灌木林和野草丛包围着,视野就被挡住了,只听得到海潮声从草木丛中传来。从这里往南的下坡路上,几乎覆满了灌木与草丛,从这里去观测哨所遗址,要经过一番迂回曲折的道路。

过了不久,来到松树林的沙地,已经能看到钢筋水泥造的三层式的哨所遗址了。在周围大自然的荒凉寂静中,这片白色废墟显得格外神秘。官兵们就在这里的二楼观望台上,通过望远镜来确定从伊良湖水道对面——小中山试射场发出来的试射炮的着落点。这样被室内的参谋问着落点在哪儿,就立马能答上来了。直到战争年间,官兵们一直在重复这样的生活,露宿于此的官兵总是不知不觉中把粮食的减少怪到狐妖头上,说是被它们偷走了。

年轻人在哨所一楼窥视寻找着,那里一束束捆绑着的枯松枝积成了山。一楼似乎就是用来放东西的,因为窗户实在太小,所以里面也有些窗户没有被破坏。借着一点微光,他立马看到了母亲做的那些标记。其中几束被绑上了红布条,上面用笨拙的字体写着她的名字——久保富。

新治放下背上的木筐，将柴火绑在一起。他心想好不容易来了一趟哨所，就决定先把东西放一放，到楼上去看看。

这时候，上方传来了微弱的木头与石头的碰撞声。年轻人竖起耳朵，声音却戛然而止。他心想，刚刚一定是自己的幻听。

爬上楼梯，在这废墟的二楼，既没玻璃也没窗框的大窗户外，环绕着寂寞的大海。观望台上的铁栅栏也没有了，淡墨色的墙上，留着官兵们用白墨粉笔画的涂鸦。

新治继续往上走。透过三楼的窗户，观望倒塌的升旗台时，他这次清楚地听到了有人在哭泣，立马飞跑上去。他穿着运动鞋，轻松登到了屋顶。

穿着木屐哭泣的少女被这个毫无声响就从身后冒出来的年轻人吓到了，突然止住哭声，愣住了。原来她就是初江。

年轻人面对这突如其来的幸福邂逅，开始怀疑起自己的眼睛来。两人像是森林里偶遇的动物似的，彼此都交织着警戒心与好奇心，就这样双目交视，呆滞着。终于，新治开口了。

"你是初江吧？"

初江情不自禁地点头，但也立马露出一副惊讶的表情：他怎么会知道自己的名字呢？看着这个憋足了劲的年轻人黑色的双眸，初江想起了那天在海边，盯着自己看的那副年轻的脸庞。

"刚才哭的是你吗？"

"是我。"

"为什么哭呢?"

新治像警察盘问似的问着。

没想到少女却爽快地说了。她回答事情的经过是:灯塔长夫人举办了一个给村里的有志少女教授礼仪的集会,因为自己也是第一次去那里,但到得太早,就想登登后山,结果却在这里迷路了。

这时候,两人的头顶上掠过一丝鸟影,原来是只隼①。新治觉得这肯定是好兆头。于是,他平日里笨拙的嘴巴也变灵活了,开始拿出平时的男子汉气概,就提议说,自己回家也要经过灯塔,可以送她一程。少女连脸上的泪水都没有去抹一下,就笑开了,像是雨中折射出的阳光。

初江套着黑色棉裤,身着红色毛衣,裹着红色天鹅绒袜子,脚蹬木屐。她站起来,站在屋顶的边缘,边眺望大海,边问道:

"这座房子是干吗的?"

新治微微拉开了点距离,也站到边缘,回答道:

"是观测用的哨所。在这里能看到炮弹飞到哪儿了。"

岛的南侧被山林遮挡着,没什么风。阳光照耀下的太平洋尽现眼前。断崖上的松树下,耸立着被鸬鹚的粪便染白的岩石角。靠近

---

① 又叫鹘,种类很多,一般为灰褐色,性凶猛,捕食鼠、兔和鸟类。

岛一侧的海面，被海底的海藻染成一片黑褐色。新治指着被汹涌的波涛拍打、激起水花的岩石说：

"那里是黑岛。听说有个叫铃木的警察在那儿钓鱼，后来被海浪卷走了。"

就这样，新治感到十分幸福。但眼看着时间逼近，初江不得不去灯塔长家里了。初江从钢筋水泥边缘离开，朝向新治，说：

"我要走了。"

新治没有说话，一脸惊呆的样子。因为他看到初江红色毛衣的胸前，斜印着一道黑线。

初江看到了，原来刚才靠在钢筋水泥边缘时，一道黑色印记刚好粘在胸前。她低头用手拍了拍自己的胸脯。好像隐藏在坚固的支撑物里、毛衣下微微隆起的胸脯被拍得轻微摇动起来。新治好奇而惊喜地看着。椒乳在她的拍打下，像是被逗着玩的小动物一般。年轻人被运动的弹力所带来的那股柔软的劲儿感动了。那条黑色脏痕被拍落了。

新治先从钢筋水泥的台阶上下来，此时初江的木屐发出清脆的响声，在废墟的四壁回荡着。从二楼走到一楼，新治身后的木屐声戛然而止。新治回头一看，少女笑了。

"怎么了？"

"我虽然也很黑，但你才是真的黑啊！"

"啊？"

"真的被晒得够黑呀！"

年轻人不知缘由地笑着，走下了台阶。他正想径直走去，这时又返回来。他把母亲吩咐要拿回家的柴火给忘了。

从那里回到灯塔的路上，新治背着一大捆松叶，走在少女前面，被少女问了名字，他才第一次自报姓名。随后他又求少女不要和别人说自己的名字和在这儿与他相遇的事情。因为新治深知村里人的多舌。初江答应保守秘密。就这样为了避讳村里人的闲话，这次的偶然相遇变成了两人之间的秘密。

新治连下次怎么样才能再见面也没想好，就这样默默地走着，不知不觉就到了可以俯瞰到灯塔的地方。年轻人告诉少女一条可以走到灯塔长家后院的近路，自己特意绕了远路回家，就这样与少女告别了。

第 五 章

在那以前一直过着清贫却安稳满足的生活的年轻人,那天以后却整日心神不定,陷入沉思。他总觉得自己没有什么地方可以吸引初江的芳心。除了儿时出过荨麻疹,他从来都不知道生病是什么的那种健康、那种能环游歌岛五圈的泳技,还有不输给任何人的气力,都不能让他觉得可以吸引到初江。

从那以后,就没什么机会见到初江了。每次捕鱼回来,他都要瞭望一下海滨,即使有时候能认出是初江的身影,但看到的总是她忙活的样子,也没有空隙上前去搭话。像上次那样,她独自倚在木框边,眺望海滨的情景再也没有出现过。但在年轻人苦于这相思,决定不再想初江的那一天,捕鱼回来时却又在喧嚣的海滨窥见了初江的身影。

在城市里的男孩儿,都首先是在电影和小说中学习谈恋爱的,但歌岛的年轻人丝毫没有一点儿可以学习的对象。于是新治再回想了一下,从哨所遗址到灯塔,这段两人珍贵的相处时间里,是应该做些什么的,但也想不出来能干些什么,只能怪自己痛失良机。

这一天虽不是祥月命日①,却是父亲的命日。新治一家人一起出门去扫墓。由于新治每天都得出海捕鱼,于是选在出海前的某个时间,在弟弟去上学之前,和弟弟与母亲前去祭拜。母亲手持香火和鲜花,三人一起从家里出来。在歌岛,就算把家门敞开着也不会发生盗窃的事。

墓地位于村庄尽头,那是连接海滨的低崖。在涨潮时,大海水位紧逼悬崖正下方。坑坑洼洼的斜面上埋着无数的墓碑,有些墓碑因为沙地的松软而微微倾斜着。

这时天还没亮,虽说灯塔那边的天也该亮起来了,面向西北边的村庄和港口依旧沉睡在黑夜之中。

新治提着灯笼走在前面。弟弟揉着惺忪的睡眼,拽了拽母亲的袖子,说道:

"今天的便当给我四个红豆糯米团嘛!"

"傻孩子,就两个。吃三个都得吃撑了。"

"哎呀,给我四个嘛!"

在庚申神祭祀日和祖先忌辰要做的红豆糯米团有枕头那么大。

早晨的墓地一个劲儿地吹着寒风。被鸟群遮挡的海面还暗沉沉

---

① 即指人死去时的月份日期,如×月×日。祥月,指人死去时的月份;命日,指人死去时的日期。

的、离岸较远的洋面已经染上了曙光的颜色，已经能清楚地看到环绕着伊势海的山群。拂晓时分，微亮中的墓碑，犹如在繁荣港口停泊的、星星点点的白色帆船。是那种不再鼓满风浪，在长时间的休息期间，深深地垂下来而石化的帆船。锚深深地插在灰暗的地上，好像再也拔不出来。

来到父亲墓前，母亲放上鲜花，点上香火，划的好几根火柴都被风吹灭了。随后，母亲便让两个儿子在前面叩拜，自己站在后面叩拜着哭了起来。

在这个村里，有个"女人与和尚不许上渔船"的说法。父亲的死，就是因为犯了这个禁忌。之前有个阿婆死了，公社的船载着尸体准备去答志岛验尸，船驶到离歌岛三海里的地方时，遇上了B24舰载机，接着上空投下了炸弹，船被机关枪扫射。那天刚好以前的轮机员不在，替班的轮机员对操作又不熟悉，从而使引擎中冒出来黑烟，成了敌机扫射的目标。

船的导管和烟囱都被炸得裂开，致使新治父亲耳朵以上的部分都被炸得血肉模糊。另外一人被击中了眼睛，当场就死了；一人被子弹从背部打入肺部；一人脚部负伤；还有一个人则被削去臀部，失血过多，当场就死了。

甲板和船底成了血池。石油罐被击破，流出来的石油浮在了血泊里。于是，当时没有匍匐在地的人被击中了腰部。躲在船头舱冷藏库里的四个人幸存下来。一人不顾一切地穿过船桥从瞭望台逃走了,可是船归来后想再从小圆窗逃走时,就再也钻不出去了。

就这样,在十一个人之中有三人断送了性命。即使如此,盖着一张草席横躺在甲板上的老太太的尸体却没被一颗子弹击中。

"父亲在捞银针鱼①的时候一定害怕极了。"新治回过头来和母亲说,"像是每天都得挨打,连消肿的时间都没有啊!"

捞银针鱼是在离海面七米多深的地方进行的,是种对捕鱼技术要求很高的类型,需要模仿海鸟追赶海底鱼的方法。这种操作,得把竹竿绑上鸟羽毛,还得用很柔软的竹竿,最后还需要大大地憋上一口气。

"是啊!这捞银针鱼也是得让有力气的男人来干的活啊!"

阿宏觉得哥哥和母亲的话已无关紧要,只想着十天后的毕业旅行。哥哥因为当时没钱,没去毕业旅行。现在哥哥可以自己赚钱,给弟弟攒旅行费了。

一家人扫完墓后,新治便独自奔向海滨,因为得去做出海的准备。母亲则回家,得将便当在新治出海前交到他手上。

年轻人匆匆忙忙前往"太平号"的途中,来往行人的闲聊随着晨风吹进了他的耳朵。

---

① 学名玉筋鱼,体细长,稍扁。

"听说川本安夫要做初江家的入赘女婿了。"

听到这话的新治,心里突然沉了一下。

那天"太平号"也是在捕章鱼中度过的。

在回港以前的十一个小时里,新治几乎没有开口说一句话,只顾拼命捕鱼。因为平时也很寡言,所以那天一声不响的他也不会特别引人注意。

回港后,像往常一样,大家将船与公社的船接上,卸下章鱼,将其他的鱼通过中间买手转卖给叫"买船"的个体鱼贩。正在被称重的金属笼子里的黑鲷鱼,在夕阳下闪闪发光地蹦跳着。

每隔十天的结账日到了,新治和龙二跟着师傅来到公社办公室。这十天的收获量一共是一百五十多公斤,从中扣去公社贩卖的手续费和百分之十的先行存款,再去掉损耗金,剩下的两万七千九百九十七日元就是纯收入了。新治从师傅那里按比例拿到了四千日元的收入。这可算是过了捕鱼旺季后的这个时期非常不错的收入了。

年轻人用粗壮的手,边舔手指边仔细地清点起来。他把钱装入写了名字的纸袋里,再将它深深地塞进工作服的口袋,然后向师傅行礼致谢,从公社出来。师傅和公社长围在火炉前,欣赏着自己用海松做的烟嘴。

本想直接回家的年轻人，脚步不由自主地往夜幕降临的海滨走去。

海滩上刚好被拖上来最后一艘船。操作卷扬机的男人、帮忙拉绳的男人不在少数，两个女人把"算盘"木框垫在船底往上推着，看起来进展不大顺利。拉下夜幕的海滨，已经看不到来帮忙的中学生了，新治想着上前帮一把。

这时，其中一个女人将船往上一推，又抬头向这边一看，是初江。新治并不想看到这个让自己从早上就开始失魂落魄的少女，但他的脚步却逐渐往那里靠近。那张脸大汗淋漓、泛着红潮，嵌着乌黑闪耀的双眸凝视着船抬高的方向，在昏暗中燃烧着。新治的眼睛离不开那张脸了。他默默地抓住缆绳。"谢谢啊！"拉卷扬机的男人说道。新治的手臂极其健壮。船立马就滑到沙滩上来，少女连忙拿着"算盘"跑到船尾。

船一拖上岸，新治就头也不回地往家走去。他很想猛地回头看看，但还是忍住了。

打开拉门，像平时一样，他看到自己家昏暗的煤油灯下发红了的榻榻米。弟弟趴在灯光下翻着新发的教科书，母亲一直在灶头忙活着。新治穿着长筒胶靴，上身啪地一下就仰躺在榻榻米上了。

"回来了啊。"母亲说道。

新治喜欢默默地将装着钱的纸包交给母亲。母亲心领神会，却假装一副忘了今天是领工资的日子的模样。她知道儿子喜欢看到她惊讶的样子。

可当新治的手伸进工作服的口袋里时，却发现钱没了。他继续往另一侧的口袋里找，又往裤袋里去找，还伸到裤子内侧的兜里找了找。

一定掉在海滩上了。他二话不说跑了出去。

新治跑出去不久，便有个来访的人。母亲一走出门，便看见在昏暗中站着一个少女。

"新治君在家吗？"

"他一回来就又跑出去了。"

"这个是我在海滩上捡到的。因为上面写着新治的名字……"

"哎呀！真是感谢你呀！新治大概是去找这个了吧。"

"我去告诉他吧。"

"这样啊，那谢谢了啊！"

海滩已经一片漆黑了。答志岛、菅岛微弱的灯光在海上闪耀着。许多沉睡的渔船在星光下，船头朝向大海，威武地排列着。

初江看到了新治的背影。刚一看见，那身影又消失在船身后。由于埋头找着，从新治那边好像看不到初江。也多亏了那艘船，两人刚好相遇了，年轻人茫然地伫立着。

少女讲明事情缘由，告知他已经将钱送还到他母亲手里了，她是跑来告诉他的。然后说，她还向两三个人打听过新治家的地址，为了避免被怀疑，还给每个人看了那个装钱的纸袋。

年轻人松了口气，终于放下心来。他笑了笑，一口美丽的白牙露在黑暗中。因为急匆匆地赶过来，少女起伏着胸脯，大口地喘着气。新治不由想起了湛蓝而汹涌的波涛在海上起伏。今早开始的那股烦闷一下化解了，他的心头重新涌上勇气。

"听说川本家的安夫要去做你们家的入赘女婿了，这是真的吗？"

这个问题，年轻人一顺溜地就脱口而出了。少女听了便开始笑，笑得越来越厉害，还边呛边笑着。新治想制止她，但她还是止不住地笑。他把手搭在初江的肩上，不是很用力，轻轻地搭着，初江却坐在了沙滩上，继续大笑着。

"怎么啦？怎么啦？"

新治在旁边蹲下，摇晃着她的肩膀。

少女终于从那止不住的大笑中冷静过来，从正面认真看着年轻人的脸，看着却又笑了起来。新治探出头来，问道：

"是真的吗？"

"傻瓜，瞎说的呀！"

"但是他们确实是这么说的呀！"

"都是瞎说的啦。"

两人在船影下抱膝坐了下来。

"哎呀,好难受。笑得太厉害了,都笑难受了。"

少女按着胸口说道。她那褪了色的工作服,唯有胸前那块条纹剧烈地摇晃起伏着。

"这里好痛啊!"初江重复说着。

"没事吧?"

新治的手不由自主地伸向了那里。

"给我按摩一下应该会好很多。"少女说道。

这时,新治的心跳也急剧起来。两人的脸颊逐渐靠近,彼此嗅到对方海潮味般的体味,感受着对方的体温。干裂的嘴唇碰到一起,略带点咸味。新治觉得那像海藻一样。过了那一瞬间,年轻人突然开始对这有生以来第一次的体验感到愧疚,站了起来。

"明天我打鱼回来,要把鱼送到灯塔长家去。"

新治看着海的方向,重整威严,拿出了男子汉应有的态度说着。

"你走之前我也要去一趟灯塔长家。"

少女也看着海那边认真地说着。

两人分开,分别向船两侧走去。新治本想就这样径直回家去,可不见少女的身影从船后出来,但看见映在沙滩上的影子,他知道她藏在了船尾。

"你的影子露出来啦。"

年轻人提醒着少女。之后便看见穿着粗条纹工作服的少女从那后头像野兽一般跳了出来,头也不回地朝海滨方向一溜烟儿跑远了。

第 六 章

次日,出海打渔回来的新治,拿着穿鳃稻草串起来的两条五六寸长的虎头鱼,往灯塔长家赶去。走到八代神社时,他想起来还没去感谢过神的恩赐,就绕到神社正面,虔诚地叩拜起来。

叩拜完神灵,他眺望着被月光笼罩的伊势海,深吸一口气。云朵犹如古代的神灵一般,在海上闪闪泛光。

年轻人感到这围绕他的丰饶的大自然,与他自身之间有种无比和谐的感觉。他感到,自己的呼吸仿佛是组成大自然无形的物质一般渗透到身体深处;他听到的潮声像是海上的巨大浪潮在与自己生气勃勃的血潮相结合。新治本身在日常生活中不需要音乐,但大自然本身就充盈着音乐。

新治举起鱼,与眼齐高,向那长着刺的丑陋的鱼头吐了吐舌头。鱼明显还是活着的,却一动不动。于是新治捅了捅鱼的下颚,其中一条便在空中一跃。

就这样,年轻人发着呆慢悠悠地走着,惋惜着幸福的幽会来得太快。

灯塔长和夫人都对新来的初江很是喜爱。以为她沉默寡言,不会讨喜,却突然笑得很有小姑娘的样子;看起来她像在发呆,却格外聪明伶俐。礼仪学习会结束以后,其他女孩都没有想到,只有初江以最快的速度收拾起喝过的茶碗,还帮夫人一起洗碗。

灯塔长夫妇有个在东京读书的女儿,只在放假的时候才回一趟家。于是夫妇就把每每到访的村里的女孩们当成是自己的女儿一样,关心她们的境遇,为她们得到人生幸福而高兴。

在灯塔度过了三十年人生的灯塔长,由于一张顽固的脸和对村里潜入灯塔的顽皮孩童叱责的大嗓门,令孩子们心生畏惧。但实际他很善良。孤独使他感觉不到别人的恶意。在灯塔里,遇到最奢侈的事就是有客人来访。无论是哪个远离人群的灯塔,都应该不会有人千里迢迢、心怀恶意地到访,而且要是被贵宾一般招待着,换作谁都不会再有恶意了。事实上,正如他常说的:"恶意不会像善意那样走得远。"

夫人也实在是个好人。她以前在乡村的女校做教师,加上长期看守灯塔的生活,让她越发养成了读书的习惯,使得她对什么事都像百科全书一样无所不知。她连斯卡拉歌剧院是在米兰、东京哪个女星在哪儿扭了右脚都知道。她能在辩论时讲赢丈夫,然后又为丈夫缝袜子、精心准备晚餐,有客人来时还能滔滔不绝。村里的人只要一听夫人如此能说会道，便会入迷，于是将其与自己家寡言的妻子进行对比。也有一些爱管闲事的人对灯塔长表示同情，但灯塔长对夫人的学识是十分敬佩的。

灯塔长家的官舍是三室平房。每个地方都像灯塔里一样，干净整洁，纤尘不染。柱子上挂着轮船公司的日历，起居室地炉的灰也总是被打理得干净整齐。客厅一角，即使女儿不在，书桌上也放着法国人形娃娃，蓝色玻璃的空笔盒子闪闪发亮。将灯塔的机械油残渣变成煤气，用其做燃料的铁质澡盆也在房子后面放着。和脏乱的渔夫家不一样，连厕所门口的擦手巾都永远是刚洗干净的，呈现着清新的蓝色。

灯塔长一天中的大部分时间，都是在围着地炉、叼着黄铜烟袋吸"新生"牌烟中度过的。白天，灯塔死一般寂静，只有值班室里年轻的灯塔员在填写着船舶来往的记录。

这一天，临近傍晚，也不是什么举行例会的日子，初江捧着用报纸包裹好的海参来了。她身着深蓝色的尼龙短裙，脚上穿着一双肉色的长袜，此外再套一双红色短袜。毛衣还是那件熟悉的红毛衣。

一进来，夫人便爽朗地说道：

"初江，穿深蓝短裙时，配黑色袜子比较好哦。你有的吧，上次穿来过的。"

"嗯。"

初江微红了脸,在地炉旁坐下了。

等到大家差不多都忙完时,夫人也在地炉旁坐下,用和平日讲课时不同的口吻闲聊起来。若是看到年轻姑娘,一般从恋爱基本问题问起:"有喜欢的人了吗?"有时看到姑娘扭扭捏捏,灯塔长也会插进来问些刁难问题。

因为已近黄昏,夫妇俩再三请初江留下来吃晚餐,但初江说父亲独自在家等着,还是得回去。然后又留下给灯塔长夫妇帮忙准备了晚餐。在那之前端出来的点心也一点儿没有吃,只是通红着脸、低着头的初江,一来到厨房就精神饱满。她一边切海参,一边哼起昨天从伯母那儿学的、歌岛上流传的盂兰盆节唱的伊势舞曲:

衣橱、衣箱、旅行箱,
送给女儿做嫁妆,
不要指望收回来。
啊!妈妈,这太勉强。
东边天阴会刮风,
西边天阴会下雨,
唯有载着万斗米粮的轮船,
不被风追,嘿嘿!

出航也折返。

　　"哎呀,我来这岛上都三年了还是记不住这首歌,初江已经会了呢。"夫人讲道。

　　"是因为它和老崎那边的歌很像。"初江说。

　　这时已经昏暗下来的门外传来一阵脚步声,暗处传来几声招呼:

　　"您好。"

　　夫人从厨房探出头来。

　　"这不是新治嘛!哎呀,又送鱼来了,谢谢啊。孩子他爸,久保又送鱼来了。"

　　"老是麻烦你,谢谢。"灯塔长起身离开地炉说道,"快进来吧,新治。"

　　就这样你一句我一句的寒暄之际,新治和初江目光交织,注视到了对方。新治笑了笑,初江也笑了笑。但在这时突然回头的夫人,看到了这一幕。

　　"你们两个认识吗?嗯,毕竟是小村子啊,这样也好。新治,快进来……啊!对了,千代子从东京来信了,还特意问了新治好不好呢。我看千代子是不是喜欢新治啊?马上等她春假回来了,新治要来玩哦。"

这番话，一下就击退了刚想进屋的新治。初江转向清洗槽，再也没有回过头来。年轻人又回到夜幕下，虽然再三被挽留，但还是站在远处行礼后折返了。

"新治可真是腼腆啊。对吧，孩子他爸？"

夫人时常笑着说道，笑声在屋里回荡。灯塔长和初江都没有应答。

新治在女人坡的拐弯处等着初江。

一转过女人坡，灯塔周围的薄暮就变成了残留着夕阳的余晖。虽然松林叠影层层，但面前的大海还倒映着落日的余晖。今天是第一次，即使东风吹遍了整个海域，但到了夕阳西下时分，也没有感到刺骨的寒冷。转过女人坡，就一丝风也没有了，只看得见余晖沉静的光芒流泻在云层缝隙里。

大海对面的一侧，延伸着逼近歌岛港的短短海峡。海峡的一端断断续续的，零散的岩石斩开白色浪花，高高耸立着。海峡周围格外明亮。一棵赤色松树挺立在山顶，树干沐浴在夕阳的余光下，清晰地映在年轻人敏锐的双眸里。突然，树干没了光耀，抬头一看，天空已拉下黑幕，星星在东山的尽头熠熠生辉。

新治站在岩石角边侧耳倾听，听到踏着石板从灯塔长官舍大门前的台阶走下来、往这边靠近的零碎脚步声。调皮的他准备躲起来去吓一吓初江。可当这可爱的脚步声越来越接近时,他却担心少女会被吓到,还特意哼起了初江唱过的一段伊势舞曲,来提醒她自己在这儿。

> 东边天阴会刮风,
> 西边天阴会下雨,
> 唯有载着万斗米粮的轮船,
> ……

初江转过女人坡来了,好像没发现新治在一样,按原步调若无其事地走过。新治追了上去。

"喂!喂!"

少女依旧没有回头。年轻人无奈,只能跟在少女身后默默走着。由于被松树林笼罩,道路开始变暗、变险峻。少女拿着小手电筒照着,步伐变得缓慢,不知不觉中新治已经走在前面。伴随着轻微的呼唤声,手电筒的光亮犹如飞跃的小鸟一般,嗖地从树干飞到了树梢。年轻人立即回头,抱起摔倒的少女。

虽说是周围的情况迫使,但年轻人对自己刚才的埋伏、吹口哨、跟踪等行为,像是干了坏事似的深感惭愧。于是把初江扶起,没有像昨天那样对其爱抚,而是像兄长一样给少女掸去身上的泥渍。因为是泥沙掺杂的泥沼，比较干燥，一掸就掉落了。好在初江没有受伤。这时候，少女像个孩子一样，把手搭在年轻人健壮的肩膀上，直勾勾地盯着他。

初江找着从手中飞出去的手电筒。它发着淡淡的扇形的光，就在两人身后的地面上横躺着。松叶铺在这亮光之上，整个岛深沉的夜幕包围着这点朦胧的光亮。

"在这儿呢。是刚刚摔的时候往背后甩了吧。"少女开心地笑着说。

"你刚才在生气什么啊？"新治认真地问道。

"千代子的事呀！"

"傻瓜。"

"真没有什么吗？"

"什么也没有。"

两人并肩走着，手持手电筒的新治像个领航员一般，一一指点着前方路面的险峻。

因为没有话题，寡言的新治结结巴巴地说起话来：

"我真想哪天能攒够钱，买艘机动帆船，和弟弟两个人去拉运纪州的木材和九州的煤炭啊。这样就能让我母亲享享福了。等我老了，我也要回岛上来享福。无论航海到哪儿，都不能忘记自己的岛，岛上的景色是全日本第一的，还要齐心协力让它成为生活最和平、最幸福的地方。不然，谁都不会想起这个岛了。无论世事如何，太糟的坏习惯来到这岛上之前都会消失。要知道，大海只会送来能保留在岛上的正直的好东西啊！所以岛上没有一个小偷。这里永远只有想认真工作、言行一致、拥有爱和勇气、毫不怯懦的男子汉！"

虽然是前后断断续续的，并不是什么条理清晰的话，但年轻人不同于往日，异常能言，在少女面前讲了这一通话。初江虽没有应答，但也一直点头。初江没有露出厌烦的样子，表情里洋溢着发自内心的共鸣与信赖。这让新治非常开心。这种真挚的交谈到了最后，却因为新治不想被认为是不正经的人，而省略了在海神面前祈祷的最后一句重要的话。这时候没有任何阻碍两人的东西，道路延绵不绝，深深地被树影笼罩，新治却连初江的手都没有牵一牵，更别提接吻了。昨天在海滩上的事，被他当成是非自发的、外力所驱使的、意料不到的偶然事件。能发生那样的事，真是不可思议。好不容易，他们两人才相约在下个休渔日的下午，到哨所遗址会面。

在经过八代神社后方时，先是初江小声叹了口气，然后停下脚步。紧接着新治也停了下来。

这时村里的灯火一齐燃亮了。那派景象，就好像无声而辉煌的节日祭典的开幕，从窗户里流泻出坚定而璀璨、并不像煤油灯发出的光亮。

村庄好像从夜幕里苏醒,浮现出来一般,是因为故障许久的发电机被修好了。

在进村前两人在路上分开了。初江独自踩着许久没有被照亮的台阶走了下去。

第 七 章

新治的弟弟阿宏要去毕业旅行的这一天到来了,是去周游京都、大阪地区五夜六天。从未离开过小岛的年轻人们,可以亲眼看一看外面广阔的世界了。以前,有的小学生去内地毕业旅行,第一次见到复古马车,就瞪大眼睛叫道:

"哇哦,大狗拉着茅坑跑哩!"

岛上的孩子会首先看教科书的插图或者说明,学习一下概念。要知道仅仅靠想象,去想出电车、高楼大厦、电影院和地铁的样子是何等困难。但是一旦接触到实物,在那充满新鲜感的惊讶之余,也更加感到之前学的概念的无用。在岛上度过的漫长的一年中,他们怎么也没想到会在都市的路上看到纵横交错的电车。

一到毕业旅行,八代神社的御守就会大卖。妈妈们对孩子们这次前往自己从未见过的大都市,感觉像是一场生死决绝的大冒险一般。明明在日常生活中、与他们亲密接触的大海中时刻都潜伏着危险和死亡。

阿宏的母亲狠下心买了两个鸡蛋，做成了很咸的玉子烧便当，把奶糖和水果放到包里，藏得深深的，让人没办法轻易找到。

仅在那一天，联运船"神风号"破例在下午一点从歌岛出发。这艘蒸汽船的固执而老练的船长，其实是非常讨厌这种特例的做法的，但因为自己的孩子也跟着去毕业旅行，船过早抵达鸟羽的话，需要打发等候火车的时间，就又得花钱了，所以才勉强接受了学校的这个请求。

"神风号"的船舱和甲板上，挤满胸前交叉挂着水壶和背包的学生。对着将码头堵得水泄不通的母亲们，带队老师开始有些害怕了。在歌岛，母亲们的意愿能够决定老师的地位。曾经有个老师被母亲们说是共产主义者，被赶出了歌岛；但有个受母亲们欢迎的老师，即使和女教师有了私生子，却也还能晋升为教务处长。

那是个春光明媚的午后，轮船一开出，母亲们都开始喊着自己孩子的名字。将帽带系在下巴上的孩子们，估计着轮船已经驶远，从码头上看不清他们的脸时，便嬉笑着大叫"傻子""笨蛋""狗屎"。载满黑色制服的轮船，带着闪闪发光的徽章和金扣子驶向远方。阿宏的母亲坐在即使是在白天也极昏暗寂静的家中的榻榻米上，想起不久后两个儿子都要出海离开自己了，就落下泪来。

"神风号"停在珍珠岛旁的鸟羽港①的深水码头,学生们下船后,又恢复了它那种悠闲的乡村风情,准备驶回歌岛。在蒸汽船古老的烟囱上扣着水桶,船头的背面和船桥上挂着的大鱼笼里,倒映着荡漾的水波。灰色壁面上大大地写着"冰"字的仓库正对着大海。

灯塔长的女儿千代子拎着手提包站在码头尽头。这个性情冷淡的姑娘,要回到阔别已久的小岛了。她讨厌与岛上的人搭话。

千代子不施粉黛的脸,加上朴素的深棕色西服,就显得更加不引人注意了。那张不显眼、轮廓却又粗犷又爽朗的脸有时也会招人喜欢。尽管如此,千代子却时常露着一张阴郁的脸,总是固执地认为自己生得不漂亮。她到现在最显著的成就,就数在东京的大学里接受的"教养"了。但是过分觉得这样普通的脸就是不美丽,和认为自己极度美丽是同样放肆吧。

千代子这种坚定的不自信与阴郁,有来自老好人——父亲的影响。因为女儿对遗传了父亲不扬的相貌而公开表示过不满。老实的灯塔长,有时候明明女儿在隔壁房间,依然会对客人抱怨着说:

"哎呀,这大姑娘长得不标志,我这个做父亲的也有责任啊,不过可能是命吧。"

---

① 位于三重县志摩半岛东北端。也是从水路去参拜伊势神宫的参拜者们的登陆地。

千代子被拍了拍肩膀,回过头来。穿着锃亮皮革工作服的川本安夫笑着站起来说:

"欢迎回来。放春假了吧?"

"嗯,昨天刚考完试。"

"是回来吮妈妈的奶吧?"

安夫受父亲之托,前几天去津县政府办公社的事,住在鸟羽亲戚开的旅馆里,然后乘着这艘船回来。他对能在东京的女大学生面前使用标准普通话感到沾沾自喜。

千代子从这个老于世故的同龄人的言谈举止中,觉得这男孩儿一定很自信地认为"这姑娘肯定对我有意思"。一这么想,她就越发无心理睬了,心想"又是这一套"。千代子也因为在东京受电影和小说的影响,也想亲眼见一次男人的眼睛在说"我爱你"。然而她也断定,这是这一辈子都没法见到的了。

从"神风号"那边传来了嘶哑的叫喊:

"喂!坐垫还没拿来呢,你看看!"

不久就看到一个汉子肩抗蔓藤花纹坐垫包,在仓库的阴影下从码头另一头走过来。

"到开船时间啦。"

安夫说着。从码头上跳到船上时,他是握着千代子的手过去的。千代子看着这只铁一般的手掌,感到它和东京男人的手不一样。但她想到的是一次都未曾握过的新治的手。

从小小的天窗式入口往船舱内窥探，只见横躺在昏暗舱内榻榻米上的人们，脖子上围着白毛巾，掠过镜片的反射光，使习惯了室外光线的眼睛显得更加深邃了。

"还是在甲板上好啊，即使冷点也比船舱里好啊。"

安夫和千代子刚靠着船桥背后的缆绳坐下来避风，就被那个粗鲁的船长助手喊道：

"哎，屁股抬一抬。"

说着从两人的屁股下抽出了木板。原来他们两人刚刚坐在遮挡船舱入口的盖板上了。

船长在掉了油漆、表面露出木纹的船桥上鸣了钟，"神风号"要起航了。

两人的身子被古老的发动机震颤着，往远处的鸟羽港眺望。安夫本想和千代子说点自己昨晚偷偷嫖女人的事，想了想还是作罢。要是换作在其他渔村，安夫本可以将他和女人的事当成引以为豪的谈资，而在清净的歌岛，他却闭口不谈，年纪轻轻就摆出一副虚伪的架势。

千代子看到海鸥越飞越高，飞到比鸟羽站前的缆车铁塔还高时，心里暗自赌了一把。千代子在东京没有碰到任何能称得上冒险的事，此刻便在心里默默祈祷：希望每次回到岛上，都会有一些惊天动地的事情发生。船越是远离鸟羽,越是觉得无论徘徊多低的海鸥,都可以毫不费力地飞越远处那小小的铁塔。然而,铁塔依旧高高挺立着。千代子的目光转移到有着红色皮表带的手表的秒针。"再过三十秒,海鸥要是能飞过铁塔,就有美好的事在等着我……"五秒过去了。一只紧跟着轮船的海鸥,突然呼地飞高,越过铁塔,展翅高飞了。

趁自己的窃喜还没被人察觉,她开口说道:

"岛上有没有什么事发生?"

船向前行驶,已能看到右边的坂手岛。安夫把快烧到嘴巴、只剩短短一点的烟蒂按在甲板上掐灭,回答道:

"没什么事……哦,对了,十几天前发电机出了故障,村里只好用煤油灯。但现在修好了。"

"嗯,我妈信上也说了。"

"是吗?其他新闻的话……"

他看着反射着春光的海面,眯起了眼。距离他们十米远的地方,海上安保厅纯白色的"白头翁号"正朝着鸟羽港驶去。

"对了,还有宫田家的照大爷把女儿叫回来了。叫初江,长得可标致了。"

"是吗?"

听到"标致"这个词,千代子的脸便沉了下来。那个词,让她觉得是针对她的批判。

"照大爷可喜欢我了。我又是家里老二,村里都说我适合做他们家的入赘女婿呢。"

"神风号"行驶不久,便能在右侧看到菅岛,在左侧看到庞大的答志岛。只要驶出被这两座岛围绕的海域,即使再风和日丽的日子,也会有惊涛骇浪把船板摇得咯吱作响。从这一带开始,就不断有鸬鹚在浪层间游动。在大洋中还能看到岩石群里的暗礁。看到这些,安夫想起了歌岛的往事,便皱起眉头,视线从这唯一的屈辱回忆中移开了。因为自古以来,年轻人每次争夺都要争个头破血流的暗礁渔业权,现在已经归属答志岛了。

千代子和安夫站起来,跨过低矮的船桥,等待着海面上出现小岛的身影。歌岛经常从水平线上露出朦胧、神秘、像头盔一般的轮廓。船只要随波倾斜,那头盔便也会倾倒。

第 八 章

休渔日迟迟未来。终于在阿宏去毕业旅行的第二天,暴风雨来袭,出海被迫中止。岛上为数不多、刚绽开的樱花蓓蕾,都被这场暴风雨击落了。

前一天,湿润的风不合时宜地吹来,缠绕着船帆,奇异的晚霞笼罩着苍穹。浪涛滚滚,海滨传来阵阵呼啸,海螺、甲壳虫拼命地往高处逃窜。夜半时分,狂风夹杂着暴雨刮起来,从海上、从天空中传来鸣笛般的悲鸣与震响。

新治在被窝里听到声响,便知道今天定是休渔日了。同时,也无法修理渔具和网绳,无法开展青年会的捕鼠工作了。

这善良、温柔的儿子不忍将还在熟睡的母亲叫醒,便一直卧在床上,等待着窗口发白。家里开始晃动,窗户也开始鸣叫。不知从哪儿传来白铁皮板塌落的声音。歌岛的房子,不管是大户人家还是像新治家这样的小平房，都是一样的格局：进门入口的左侧泥地①是厕所，右侧是厨房。在暴风雨肆虐的时候，只有熏人、冰冷、令人冥想的厕所的气味，静静地飘荡在空中，支配着破晓前夕的家。

正对着邻家土仓库墙壁的窗口，许久才开始发白。他抬头望着吹打着屋檐、顺着湿答答的窗玻璃流淌下来的暴雨。直到刚才，他还对这剥夺了劳动果实和喜悦的休渔日怀恨在心，这会儿他又觉得这简直和碰到节假日一样开心。不过不是由蓝天、国旗和闪闪发亮的金珠子装饰起来的节假日，而是由暴风雨、惊涛和掠倒树梢的呼啸狂风组成的节假日。

终于等不住的年轻人从床上跳起来，穿上到处都破了洞的圆领黑毛衣和长裤。过了一会儿，睁开眼睛的母亲，看见在刚亮起来的窗前站着一个男人的黑影，叫了起来：

"啊！是谁啊？"

"是我。"

"吓死我啦。今天这种天也出海吗？"

"休渔了。"

"都休息了，干吗不多睡会儿？我还以为是陌生人嘞。"

---

① 指日本家居建筑中的泥土地面，是一种建筑格局，与地面同高。而人生活的地方要比泥土地面高一层，会铺上地板，日语里称为"床"，建于泥土地面之上。

母亲刚睁开眼时的最初印象应验了。儿子看起来像不知情的陌生男人。平日寡言的新治，开始大声地唱起歌，抓住门框做起机械体操似的运动。

母亲责备他会弄坏房子，喊道：

"外面暴风雨，家里也暴风雨吗？"

母亲就这样不知原因地埋怨起来。

新治不断地看着被烟熏黑了的挂钟。这颗不曾习惯怀疑的心，从未怀疑过女孩儿是否会守约。年轻人的心缺乏想象力，不管是不安还是喜悦，他都不知道如何自我想象来打发这烦乱、忧郁的等待时间。

他开始等不及了，于是披上橡胶雨衣去了海边。他觉得只有大海才能与他的无言进行对话。巨浪冲上防波堤，响起惊人的轰鸣，又退了下去。听昨晚的暴风雨特别报道说，所有的船都被抬得老高。海岸线不知不觉逼近，巨浪退去时，海港内部水面倾斜，几乎露出了底。波浪飞溅起的浪花，夹杂着雨水打在新治脸上，溅在那炙热的脸上。顺着鼻梁下流的雨水那浓郁的咸味，让新治想起了初江嘴唇的味道。

云朵你追我赶般地移动着，昏暗的天空也急促地时明时暗。有时能看见不透明的光藏在云层里，苍穹深处仿佛预示着晴天的到来。新治仰望天空，完全沉浸其中，都不知道浪潮已经冲到脚下，把木屐也浸湿了。他的脚下冲来了一枚美丽的桃色小贝壳，好像是暗示着冲来了好运。年轻人捡起来看了看，小贝壳形状完整，又薄又纤细，边缘也毫无破损的痕迹。他决定把它作为礼物，于是将它藏了起来。

吃完午饭，他立即做好了出门的准备。母亲边洗着碗，边看着又走向暴风雨的儿子的身影。她没问儿子要去哪儿，因为儿子的背影里，似乎有种无法探问的力量。母亲后悔没能生一个一直在家能帮着做家务的女儿。

男人们出海了。乘着机动帆船，将货物运到各个港口。女人们则与这广阔的世界无缘，只能煮饭、打水、采海藻，夏天来了就潜入海底。在海女中，母亲也算是老手，深知海底那微亮的世界便是女人的世界。即使在白天也很昏暗的家中，分娩的苦楚、海底的灰暗这一系列都是关系紧密的世界。

母亲想起了前年夏天，一个和自己一样的寡妇，有个正在吃奶的孩子，且体弱多病。她从海底摸上来鲍鱼后，在烤火时猝然晕倒。她翻着白眼珠，紧咬着紫青的嘴唇死去了。傍晚时分，在松林里焚烧尸体时，海女们过于伤心，甚至都无法站立，跪倒在地痛哭。

从那以后就有了奇怪的谣言，于是大家开始出现害怕下水的女人，说是那个死了的女人因为在海底看见了不该看见的东西，所以遭报应了。

新治的母亲对谣言嗤之以鼻,还更加往深海里潜,捕上来的鱼比谁都多。她是绝不会为未知的东西自寻烦恼的。

……即使回忆起这些也不会伤感的母亲,有着天生爽朗的性格、引以为豪的健康体魄,和像儿子一样被窗外暴风雨唤醒的愉悦的心。母亲洗完碗后,在咯吱作响的灰暗的窗下,掀起衣服下摆,仔细观察起自己裸露的双脚。那双被长期灼晒、结实的腿,没有一丝皱纹,那高高隆起的肌肉放射着几近琥珀色的光泽。

"我这身子,还能再生三五个吧!"

一想到这儿,那颗贞洁的心突然一颤。她赶忙整了整衣着,在丈夫的牌位前拜了拜。

年轻人在去灯塔的路上,雨水积成奔流,冲刷着脚丫。松树梢在低吟。穿着长靴走路十分困难,他没有打伞,雨水顺着中分的额头流进领口。但年轻人依然迎着暴风雨向上攀爬。他不是要和暴风雨对抗,而是仿佛刚好他内心平静的幸福感和这平静的自然有着密切的关联,此刻的他感到自己的内心与这自然的躁动有着无以言表的亲和感。

从松林间眺望到的大海,白色波浪翻滚前进着,海角前端高耸的岩石常常能被其覆盖。

转过女人坡,能看见灯塔长家紧闭着窗户,垂着窗帘,还有在暴风雨中弯了腰般的官舍平房。他爬上通向灯塔的台阶,今天门窗紧闭的值班室里看不到灯塔员的身影。被雨水打得湿漉漉的、被风吹得咯吱响的小屋里,有一架正对着紧闭的窗户呆呆立着的望远镜,桌上满是被邪风吹散的文件资料、烟斗、海上安保厅的官帽、画着绚丽的新船图案的船运公司日历、挂钟和柱钉上随意挂着的三把大三角尺。

到达哨所的年轻人,连贴身内衣也湿透了。在这种静谧的地方,暴风雨显得更加猛烈了。靠近海岛顶端、周围一览无遗、毫无遮挡的天空,被暴风雨更加肆意妄为地摧残着。

三个方位开着三面大窗的废墟,丝毫不挡风,反而将风雨引入室内,任凭它群魔乱舞。从二楼窗口能望见太平洋广阔的景观,视野虽被雨云遮得很狭窄,但一片片滔天白浪,凶猛地翻滚,势头之猛,使四周被昏暗的云雨盖得模糊不清,反而让人不禁联想到无边无际、慌乱粗暴的世界。

新治从外侧的楼梯走下来,往之前帮母亲取柴火的一楼窥视了一下。他发现那里是避风的好去处。这原本好像是用来放东西的一楼,两三扇小窗户中也只有一扇窗的玻璃破了。之前堆积在这里的松叶捆都被各自的主人搬走后,还能看到痕迹,还在角落剩下了四五捆。

"真像牢房啊。"新治闻着发霉的味想道。他从风雨中躲进来，突然感到一阵被浸湿的寒意，猛打了个喷嚏。

他脱下雨衣，从裤袋中摸出一盒火柴。过惯船上生活的人都心思细腻，出门都会随身带盒火柴。指尖触碰火柴之前，他先在口袋里摸到了早上在海边拾来的贝壳。他将它掏了出来，举起来借着窗户中的光照了照，仿佛依旧被潮水浸湿了似的桃色贝壳在闪闪发光。年轻人满足了，又将它收起来藏回口袋。

湿了的火柴很不容易点着。他从松散的柴捆中抽了一把枯松叶和枝条，堆积在水泥地面上，在阴沉的熏烟变成小小的火焰之前，室内已经烟雾缭绕。

年轻人抱膝在火旁坐下来。接下来就只是等待了。

他等待着，没有丝毫不安。他的黑色毛衣有多处破洞，他把手指插入那些洞里，并将其撑开，以消磨时间。年轻人的身体逐渐暖和起来，暖和的感觉与户外的暴风雨交织，弥漫着一股无可置疑的、忠实本身给予的幸福感。因为不具有与生俱来的想象力，他也无从烦恼。于是他等着等着，便将头靠在膝盖上睡着了。

新治一醒来，发现眼前的火依旧燃烧着。在火焰对面，伫立着一个陌生朦胧的身影。新治心想，该不会是做梦吧？一个裸着身子的少女低头在篝火旁，拿着贴身衬衣烤着火烘干。由于双手是在很低的位置拿着贴身衬衣，能看到少女上半身是完全裸露的。

在确定了那不是梦后，动了点儿小脑筋的新治，假装还在睡着的样子，眼睛眯起一条细细的缝，一动不动地看着。初江的身体实在是太美丽了。

海女似乎对赤裸着湿透的身体烤火非常习惯，一点儿也不拘束。来到赴约地时刚好有火，而年轻人也睡着了。于是她像小孩子一般突发奇想，想趁着年轻人睡着的时候，把湿了的衣服和身子都赶快烘干。所以初江并没有意识到在男人面前裸露了身体，而只是刚好这里有火，在火堆前裸露了而已。

新治若是个好色的年轻人，在这被暴风雨包围的废墟里，一定能看出站在火焰对面的初江的裸体，是货真价实的处女吧。那肌肤虽绝不能说是白皙，但因常年经潮水冲洗，就显得十分光滑而结实，那对互相咬在一起、腼腆地背对着脸、坚挺而小巧的椒乳，在久经潜水锻炼的宽广的胸脯上，隆起了一对蔷薇色的蓓蕾。由于新治怕被看出在偷窥，眼睛就只眯起了一条缝，只能透过冲至天花板的摇摇晃晃的火焰，朦胧地看到那身姿的轮廓。

但是年轻人冷不防的眨眼，被火焰放大了睫毛的影子，突然在脸颊上晃动了一下。少女立即用还没干的白色贴身衬衣遮住了胸脯，叫道：

"不许睁开眼睛！"

老实的年轻人紧紧闭上眼睛。可是仔细一想，虽然装作还在睡觉的样子是不好，但惊醒过来也不能说是谁的过错，所以他便又心怀正大光明的理由，再次睁开了那双乌黑美丽的眼睛。

少女手足无措，却还没想到把衣服穿上，再次用清脆尖锐的嗓音喊道：

"不许睁开眼睛！"

但是这回年轻人不再把眼睛闭上了。虽然一生下来就看惯了渔村里女人的裸体，但见到自己喜欢的人的裸体还是第一次。并且仅仅因为裸着身体，初江和新治之间便产生隔阂，平时的寒暄和亲密的接触都变得困难起来，这是让人有些无法理解的。他拿出年轻人那股劲，坦率地站了起来。

年轻人和少女隔火相望。年轻人身体稍微往右一移，少女就也往右挪一点儿。于是篝火始终隔在两人中间。

"你干吗要躲啊？"

"人家害羞啊！"

年轻人没有说"那你把衣服穿上好了"，因为他想着少女的身体哪怕能多看一眼也好。接着，他不知该如何接话，还提了个孩子般的问题：

"怎么样才会不害羞呢？"

于是少女也做了个天真无邪、但也实在令人惊讶的回答：

"你也脱光，那就不会害羞了。"

新治十分困惑，但只犹豫了一会儿，什么也不说便将圆领毛衣脱了。在脱衣服时，他担心少女会跑掉。毛衣经过脸颊的一瞬间，他犹豫了一下。脱了衣服后，年轻人只剩一块兜裆布在身上，一个比穿着衣服英俊得多的裸体伫立在那里。新治的心炽热地面对着初江，真正让他感到羞愧的是在下面那段话之后了。

"现在不害羞了吧？"

他好像质问一般急切地问了一遍，少女没有感到这句话的可怕，出乎意料地还找来了托词：

"不。"

"为什么啊？"

"因为你还没完全脱光嘛！"

在火焰照耀下的年轻人的身体，因为害羞变得通红。他有话要说，却又堵在喉咙里。新治将手快要伸进火里般地无限接近着篝火，看着少女摇曳着火影的白色贴身衬衣，终于开口说：

"你把你那个脱了，我就脱。"

那时候，初江不自觉地笑了，至于那微笑是什么意思，新治和初江自己都不知道。少女将遮盖着胸脯和下半身的白色贴身衬衣往后狠狠一扔。年轻人看到这情景，像雄壮的雕像一般站在那里，边直勾勾地盯着少女闪烁焰影的瞳孔，边解开了兜裆布的带子。

这时候，窗外的暴风雨突然猛烈起来。尽管在此之前，暴风雨都是以同样的凶猛势头围绕废墟肆虐着,但只在那个瞬间,狂风暴雨真实地出现在眼前。高窗下紧逼着太平洋,顺势舒畅地摇荡着这持续的躁动。

少女后退了几步,身后并没有出口。被熏黑了的水泥墙触碰到了少女的脊背。

"初江!"年轻人喊道。

"跳过来!从火上跳过来啊!"少女气喘吁吁,用清晰有力的声音喊道。

裸着身体的年轻人毫不犹豫,他踮起脚尖,映着火焰的身体朝篝火猛地一跃。下一瞬间,那副身体就出现在少女跟前。他的胸脯微微触碰到了椒乳。"是这种弹力,就是上次我想象过的在红色毛衣下的那个弹力。"新治心想着。两人抱在一起,少女首先柔软地倒下了。

"松叶好刺啊!"少女说道。

年轻人伸手把白色贴身衬衣拿过来,想把它垫在少女背后,但少女拒绝了。初江的双手不再想抱着年轻人,她缩起膝盖,就好像小孩子在草丛中捉虫子一样,两手将贴身衬衣揉成一团,用它拼命地保护着身体。

这时候,初江讲了句有道德含义的话:

"不行不行……姑娘家在嫁人之前不能做这种事。"

"真的无论如何都不行吗？"胆怯的年轻人无力地说着。

"不行。"少女闭着眼睛，用像是训诫又像是劝解的口吻流畅地说着，"现在不行。我，已经决定嫁给你了嘛！到过门之前，无论如何都不行。"

新治的内心也对道德观念有种盲目的虔诚。首先他就没有碰过女人，这时候他感觉触碰到了女人的道德核心，所以他并没有强求。

年轻人的胳膊紧紧抱住少女，两人互相倾听着对方裸露的鼓动。长长的拥吻让没有被满足的年轻人陷入一时的痛苦之中。但在某个瞬间，这种痛苦又变成了不可思议的幸福感。两人听见微微有些衰灭的火焰发出的火星声，还夹杂着从高窗掠过的狂风的呼啸声，以及他们彼此的心跳声。此时新治感到永无止境的陶醉的心和窗外浪潮的轰响、摇响树梢的风声，用以大自然同样高调的节奏翻涌着。这种感情充斥着永不完结的幸福。

年轻人离开她的身体，用充满男子汉气概的冷静的声音说：

"今天在海边见到了一枚很美的贝壳，想把它送给你，就带来了。"

"谢谢，给我看看呀！"

新治回到脱下衣服的地方，把衣服穿上。同时，少女也开始静静地将衣服穿上，整理好着装，衣着显得十分自然。

年轻人把美丽的贝壳拿到已经着装完毕的少女眼前。

"哇！好美。"少女让贝壳表面映上火焰，好像十分开心，把它插在自己的头发里，说着："真像珊瑚啊，能不能把它当发簪啊？"

新治坐在地上，身子靠着少女的肩膀。因为都穿着衣服，两人轻松地接吻了。

回去的时候，暴风雨还没有停。两人以前为了躲避灯塔看守人的闲言碎语、刻意在到灯塔前去走岔路的习惯，这次新治难以遵守了。他送初江到灯塔后面较为好走的路。两人从刮着劲风的石级上走了下去。

千代子回到岛上父母身边后的第二天，便开始无聊而闷闷不乐了。新治也没有来访。在村里的姑娘都来参加的学习礼仪的例会上，她看到新的参加者之一便是安夫说的初江。之后，千代子便觉得初江淳朴的脸比村里人讲的还要美丽。这就是千代子奇特的优点。多少有点儿自信的女人，一般都会不停地吹毛求疵，挑其他女人的毛病。但千代子比男人还坦率直言，她会承认除自己以外所有类型的女人的美丽。

回了家的千代子没事可做，便开始学习英国文学史。她对维多利亚王朝的才女诗人，如克里斯蒂·乔娜、阿德雷特·安·普罗库塔、兹因·因兹罗、奥加斯塔·维布斯塔、阿莉丝·梅尼尔夫人等作家的作品一概不知,却能像背诵经文一样把她们的名字都背下来。千代子最擅长死记硬背,在笔记本上,连老师打喷嚏都会记下来。

在旁边的母亲,拼命地想要从她那里学到新的知识。虽然去上大学是千代子自己的想法,却是母亲的热情说服了还在犹豫的父亲。从灯塔到灯塔、从孤岛到孤岛的生活激发了对知识的渴望,母亲对女儿的生活有着梦一般的幻想,所以母亲几乎看不到女儿内心那小小的不幸。

责任感很强的灯塔长,担心着昨晚越发强劲的暴风雨,一夜没睡。陪他一起熬夜的母女俩睡了个早觉,很少见地将早饭与中饭并为一餐。饭后收拾完,一家三口被暴风雨困在家中,安然地度过了一天。

千代子开始想念东京,想念即使在这样的暴风雨天气里,也能看到汽车若无其事地来来往往、电梯照样运行、电车照样混杂拥挤的东京。在那里,自然基本算是被征服了,剩下的那部分自然的威力就是人们的敌人。但是在这座岛上,岛上的人都把自然当成伙伴,袒护大自然。

千代子学累了就把脸贴在窗玻璃上,看着把自己困在室内的暴风雨。暴风雨非常单调。潮声犹如醉汉重复的唠叨那样烦人。不知为什么，千代子想起了同窗被所爱的男人强暴的传闻。那个同窗爱着她的情人的温柔和优雅，并且为他吹嘘宣扬。但在那晚以后，她也爱上那个男人的暴力与私欲，并对谁都闭口不言。

……这时，千代子看见了新治的身影。他正踩着暴风雨冲刷下的石级，与初江偎依着走下来。

千代子坚信自己丑陋的脸所带来的效力。这信念一旦根深蒂固，就比美丽的脸蛋更能巧妙地把控感情。所谓坚信丑陋的东西，就是这个处女所相信的石膏雕像。

她把脸从窗口扭过来。在地炉旁，母亲做着针线活，父亲抽着"新生"牌的烟。屋外有狂风暴雨，屋内有个家庭。谁都没能注意到千代子的不幸。

千代子又回到书桌前翻开英语书籍。她看不懂词义，看到的就只有英文字印刷着而已。这时，小鸟忽高忽低盘旋的幻影使她双眼恍惚，原来那是海鸥。千代子想起来了。她想到：回岛的时候，自己对着飞越过鸟羽铁塔的海鸥打的赌，应验的就是这件事啊！

第 九 章

阿宏在旅途中寄来了快信。这信件若是采用平信方式快递的话,或许本人回岛了这信都还没到呢。所以他在京都清水寺的明信片上盖上了大大的紫色纪念印章,再用快件寄回家里。母亲尚未打开信件,瞅着那快件心下不快地说道:"寄什么快件啊?这孩子一点儿都不懂得赚钱的辛苦。"

阿宏的明信片上并未提及任何名胜古迹,只写了第一次去电影院的事。

到京都的头一天晚上,因为允许大家自由活动,所以我就赶紧同阿宗和阿胜去了附近的一家大电影院。电影院里非常豪华,像是华丽的府邸。但是椅子特别窄,很硬,坐下来像坐硬木凳一样,屁股都疼得厉害,一点儿都不舒服。后来后面的人就对我们喊:"坐下!坐下!"我们顿时觉得有些莫名其妙,我们明明是坐着的,为何还对我们说坐下呢？最后还是后面的人特别过来告诉我们这是折叠椅，要把它放下来坐。结果我们三个人都出了洋相，真是挺丢人的。椅子放下来坐了以后，松松软软的，感觉就像是天皇陛下坐的椅子一样，我真想让妈妈也来坐一坐这样舒适松软的椅子啊！

新治读完最后一句话时，母亲就忍不住哭了出来。然后就把明信片在佛坛前举起，祈愿保佑阿宏在前天的暴风雨中没受影响，并且在后天能够平安无事地回岛，还强行让新治也一起祈祷。过了一会儿，她像突然想起来似的骂道："哥哥读书写字都不行，还是弟弟的脑袋聪明多了。"所谓的聪明，也就是能让母亲痛快地哭一场。然后她立马又去阿宗家和阿胜家，把信给他们看。再之后就和新治去了澡堂，在那里碰到了邮局局长的夫人，就裸着双膝跪坐下来给夫人行礼，感谢快件完好准时地送到家里。

新治很快就完事了，在澡堂入口等着将从女澡堂出来的母亲。澡堂屋檐下的彩色木雕，有一部分已经剥落，泡汤的蒸汽环绕着屋檐。晚上很暖和，大海很平静。

新治认出了一个正抬头望着两三间屋檐顶端的男人。这男人双手插在口袋里，穿着木屐在石板路上有节奏地走着。在黑夜里，新治看到了他穿着褐色皮革工作服的背影。在这座岛上，没几个人能穿这样高价的皮革工作服。他确实是安夫。

新治刚想上前打招呼，安夫也正好回头。新治笑了笑，但安夫毫无表情，直勾勾地看着这边，然后又背过身走了。

新治并没有把对方这种令人不愉快的举动放在心上，但也觉得很奇怪。之后母亲从澡堂出来了，年轻人便和往常一样沉默着，和母亲一同回家去了。

昨日暴风雨过后，晴空万里。安夫捕鱼回来后，千代子就来登门造访了。千代子说是和母亲一起来逛街，就顺便来拜访。母亲去了附近公社社长家拜访，自己便独自来安夫家了。

安夫从千代子口中听到她把新治这个年轻人贬得一文不值。安夫想了一整晚。第二天晚上，新治看到他的时候，安夫正站在横穿村子中央的坡道上的一户人家门前看值班表。

歌岛水资源缺乏。尤其是旧历正月，格外干涸。有不少为水而起的争执。沿着村子中央垂落、顺着石级小路流下来的小河流的源头，是村里唯一的水源。梅雨时节或暴雨过后，河流就变得湍急浑浊。女人们在河边喋喋不休地洗着衣服，孩子们也可以拿着手制的木军舰进行下水仪式。但在干旱季节，小河就变成了断断续续的洼地，连让一点儿垃圾流下去的功能也没有了。水源是泉水，或许是雨水注入小岛顶端过滤流下来的泉水吧。除此之外，岛上再无其他水源。

因此，不知从什么时候开始，村里决定轮流汲水，每周轮到一次。汲水是妇女们的工作。只有灯塔，是把雨水过滤后再储存在水槽里的。靠着泉水生活，村里的各户人家轮流值班，有些家庭即使轮到深夜的班，也只好忍耐其带来的不便。不过深夜值班的数周后，便可以轮到值方便的早班。

安夫看的就是那张挂在村里人流最多的地方的值班表。刚好深夜两点的班写着宫田，是初江值班。

安夫咂了咂舌，想着要是还在章鱼期就好了。因为早上会来得稍微迟一些。但是像现在这样的捕乌贼期，天亮前就必须到达伊良湖水道的渔场。每个家庭都得三点起床开始准备早饭，性急的人家三点前就已经冒出炊烟了。

即使那样，初江的班不是在下一个凌晨三点还算是好的。安夫发誓，明天出海之前要把初江搞到手。

当看着轮班表这样暗下决心的时候，他就看到了在男澡堂门口站着的新治，痛恨至极，平日里的那股威严劲儿也忘得干干净净了。安夫匆匆回家，往餐室瞥了一眼，看到父亲和兄长还在碰杯对饮，听着收音机里放着响彻整个屋子的小调。他回到二楼自己的房间，粗鲁地点起烟来。

安夫觉得按常理推断应该是这样：冒犯初江的新治一定不是个童男。他在青年会上都是老老实实地抱膝，笑眯眯地听着别人的意见，虽然长着一张孩子一样的脸，原来是个玩弄女人的小狐狸！而且在安夫看来，新治的脸怎么也不像是表里不一的脸。这种想法虽然难以置信，可结果还是认为，新治是堂堂正正、坦率正直地征服女人的。

那晚，安夫为了不让自己睡着，在床上掐着自己的腿。但他其实并没有那么做的必要。因为对新治的憎恨以及新治比自己先下手所带来的竞争感足以让他失眠了。

安夫有一块足以在人前称道的夜光表。那晚他把手表戴上，穿着工作服和裤子就悄悄钻入被窝了。他时不时地把手表贴在耳朵上，然后还不时地看看散发着荧光的表盘刻字。安夫觉得光凭这块表就足以吸引女人。

夜里一点二十分，他悄悄从家里出来。在夜里潮声尤为尖锐，月亮尤为明亮。村庄一片寂静，户外灯在码头有一盏，中央坡道两盏，山腰的泉水处一盏。港口除了联运船，就只有渔船，能让海港热闹起来的船桅上的白灯和家家户户的灯火都完全熄灭了。农村的夜晚之所以显得沉重，是因为一排排乌黑又厚实的屋顶。而这个村的屋顶都是用瓦片和白铁皮覆盖的，在夜晚没有芭茅屋顶那种威胁人的沉重感。

安夫脚蹬运动鞋，悄无声息地登上石级坡道，穿过含苞待放的樱花包围着的小学校园。这里就是最近被扩建的运动场，周围的樱花树也是从山上移植过来的,其中的一棵幼苗被暴风雨刮倒了,黑黝黝的树干在月光下横躺在沙地一角。

安夫顺着河流爬上台阶,来到了能听到泉水声的地方。户外灯描绘出了泉潭的轮廓。那里装着的石槽,是用来接收从青苔的岩石缝中流出来的清泉的。清泉从石槽边缘光滑的青苔里溢了出来,这种样子不像是在流动,而像是在苔藓表面厚厚地涂了一层透明而美丽的釉。

猫头鹰在环绕着泉潭的树林深处啼叫着。

安夫躲在户外灯后面。一只鸟儿轻振着翅膀飞走了。他倚在一棵粗大的榆树干上,边看着手腕上的夜光表,边等待着。

两点钟一过,肩上挑着水桶的初江的身影便出现在小学校园里。月光把那个身影描绘得很是清晰。虽然对女人来说深夜工作不轻松,但在歌岛,无论贫穷富贵,男男女女都必须完成自己的任务。经过海女工作训练、身强体健的初江没有丝毫痛苦的神色。她挑着空水桶,摇摇晃晃地登上台阶来的身影,倒不如说像是冲着意外的事情而高兴的孩子般,露出兴高采烈的样子。

安夫终于等到了初江在泉边将水桶放下,正准备跳出去时,转念一想,还是决定等初江打满水后再说。他的左手高高地搭在树枝上,身体一动不动,准备好一到时机就冲出去。就这样,他把自己当成一尊石像。他听着用水桶汲水时充盈的水声,看着那带着冻伤了的、又红又大的手,想象着少女健康而盈润的身体,陶醉其中。

安夫搭着枝条的手腕上,闪烁着引以为豪的夜光表的荧光,微弱而清晰地发出秒针走动的声音。那声响好像吵醒了正睡在造了一半的蜂窝里的蜜蜂,大大地勾起了它们的好奇心。其中一只蜜蜂小心翼翼地飞到手表边。然而有一只闪着微光、有规则地鸣叫着的神奇的甲壳虫,扑在冰冷易滑的玻璃面上,蜜蜂的期待或许落空了,于是它把刺转移到安夫的手腕上,狠狠地扎了一下。

他大叫起来。初江猛地一回头。她让自己绝对不能叫喊,立马把扁担卸下,斜握在手里做好抵御的架势。

安夫用连自己都觉得蠢的方式出现在初江面前。少女以同样的步调往后退了几步。安夫想,这时候还是像开玩笑一样蒙混过去比较好,于是傻笑着说:

"嘿,吓一跳吧,是不是以为是妖怪啊!"

"什么呀,是安夫哥啊!"

"躲在这儿想吓吓你的。"

"怎么这个时候在这里啊?"

少女还没有意识到自己身上的魅力。虽然仔细想想还是能明白,但她当时却天真地以为安夫只是想吓吓她才藏起来的。钻了初江这种想法的空子,安夫转眼间就把初江手里的扁担抢过来,握住初江的右手腕。安夫的皮革工作服咯吱咯吱地响起来。

安夫终于重拾威严，盯着初江的眼睛。他本打算堂堂正正、沉着冷静地说服这个少女，却无意识地开始模仿起想象中的在这种场面会展现出光明磊落的新治的样子来。

"听好了哦，要是不听我的话，后悔可来不及。你和新治的事不想被揭发的话，你就得听好了。"

初江红起了脸颊，喘着粗气。

"放手！我和新治的什么事啊？"

"别装糊涂了。明明和新治暗中调情，还在我前头下手。"

"别瞎说！我们什么都没做！"

"我全都知道。暴风雨那天你和新治上山都干了些什么？……你瞧瞧，脸都红了……同样的事也跟我做一下嘛！没关系，没关系的。"

"不要！不要！"

初江拼命挣脱，而安夫绝不让她逃走。若是完事之前让她给跑了，她肯定会去她父亲那儿告状。要是完事后，她就应该对谁也不会说。安夫对那些写着"被征服的女人"的独白之类的都市低级杂志喜欢得不得了。让她苦恼于想说而不能说可是件很厉害的事啊！

安夫终于把初江按倒在泉边。一只水桶被打翻了，水浸湿了满是苔藓的地面。被户外灯照耀下的初江的脸，翕动着小巧的鼻翼，一直睁着的眼睛里白色的部分熠熠闪光。头发一半被泡在水里。刚噘起嘴唇，安夫下巴上便沾上了唾液。这种举动越发激起了安夫的情欲。安夫感到初江的胸脯在自己胸口下剧烈起伏着，将脸压到初江的脸颊上。

这时，他惊叫着跳起来。蜜蜂又来蜇了他的脖颈。

他愤怒之余，试图粗暴地想将蜜蜂抓住。就在他腾起身的时候，初江趁机要往石级方向逃走。

安夫狼狈不堪，忙于追赶蜜蜂，而后又如愿把初江抓住了。但那一瞬间，他连自己在干些什么，该是什么顺序也不知道了。不过他总算是把初江给抓住了，于是再一次将她丰腴的身体按倒在苔藓地上。机灵的蜜蜂这次停在了他的屁股上，透过裤子往他屁股上的肉狠狠地一蜇。

安夫跳了起来。对逃跑有了点经验的初江这次往泉潭的后方跑走了。她跑进树林间，钻进羊齿叶丛中，边跑边找了块大石头。用一只手举起石头遮光，终于收起喘息声的初江往泉潭一侧俯瞰。

坦率地说，初江到那时候还不知道是哪个神灵救了自己。但是诧异地看着泉潭边疯狂地手舞足蹈的安夫时，才明白一切都是机灵的蜜蜂所为。户外灯的灯光刚好照着安夫追赶上空蜜蜂的手指，一只小小的蜜蜂拍打着金翅膀横飞过去。

初江看到安夫终于把蜜蜂赶走了，呆呆地站着用手擦着汗，然后便在周围找初江的踪影，却什么都看不到了。他战战兢兢地把手拱成喇叭形，低声喊着初江的名字。

初江故意用脚拨动羊齿叶，使其沙沙作响。

"哎，你在哪儿呢？下来吧，我什么也不干了。"

"不要。"

"下来吧。"

他刚想爬上来，初江便抢起石头。安夫怕了。

"你干什么呀？很危险的……那你怎么样才肯下来啊？"

安夫害怕就这样让初江逃走的话，她肯定会向她父亲告状，于是执拗地询问着：

"……我说，你怎么样才肯下来啊？你是不是要向你爸告状啊？"

没有回答。

"喂，你别告诉你爸啊！要怎么样你才不说嘛？"

"你帮我汲水，替我把水挑到家里去。"

"真的？"

"真的。"

"照大爷太可怕了啊！"

然后安夫默默地开始汲水，好像是被某种义务观念绑住一样，实在好笑。

他用那只翻了的水桶重新汲水，然后将扁担穿过两只水桶的系绳，扛在肩上晃悠悠地迈开了步伐。

没过一会儿，安夫回过头来，恍惚之间便只见初江跟在身后两米左右的地方。少女的脸上没有一丝笑容。安夫一停下脚步，少女就也停下。安夫继续往石级下去，少女就跟着下去。

村里依然一片寂静，家家户户的屋顶都沐浴在月光下。但象征着黎明快要到来的是，从这两人顺着石级而下、通往村子的脚步下处处都传来的鸡鸣声。

第 十 章

新治的弟弟回到岛上来了。母亲们纷纷挤到码头上迎接自己的孩子。天空飘着蒙蒙细雨,远处的海面亦变得模糊。联运船驶到离码头百米远处才从雾霾中显出身影。母亲们不约而同地喊着自己孩子的名字。船甲板上被挥舞着的帽子与手变得越来越清晰。

船到达码头,孩子们即使是一个个和母亲面对面,也只是微微一笑,而后又与伙伴在海滨玩耍起来。因为他们不想被同伴看见自己在母亲面前娇气的样子。

阿宏回到家后也兴奋不已,无法平静。谈话丝毫不提及名胜古迹,净谈些同学在旅馆半夜起来方便,因为害怕就把他叫起来一同去,导致他第二天早晨就困得不行之类的事。这次旅行,确实给阿宏留下了深刻的印象,但他不知道如何表达,于是想起什么就说什么。比如一年前他在学校的走廊上涂了蜡,让女老师滑倒的事;电车、汽车、高层建筑、霓虹灯广告,那些瞬间靠近,又立马擦肩而过消失不见的东西都去哪儿了。这个家里,和走之前一样,有橱柜、挂钟、佛坛、矮脚桌、梳妆台，还有母亲。还有炉灶和脏了的榻榻米。对这些东西，即使什么都不说大家都一清二楚。即使像这样的东西，母亲也缠着要他讲。

直到哥哥捕鱼回来，阿宏才平静下来。晚饭过后，他在母亲和兄长面前打开手账，泛泛地向他们解说了一通旅行中的所见所闻。大家听得颇为入神，待到阿宏说完后，大家也感到心满意足，便也没缠着他继续说。一切都回到了原来的样子，是即使不说大家也都熟悉的存在。橱柜、挂钟、母亲、哥哥、破旧的炉灶、海啸……阿宏就在这些东西的包围中熟睡了。

阿宏的春假接近尾声了。于是他从一早起床到入睡前都拼命地玩耍。岛上可玩的地方很多。自从在京都、大阪看了很久以前就听说的西部剧后，阿宏和他的玩伴之间便模仿起了西部剧。看到隔海相望的志摩岛上的元浦一带，火山烟袅袅上升，他们就想到了印第安城堡燃起的狼烟。

歌岛的鱼鹰是种候鸟。在这个季节，鱼鹰的身影渐渐消失了。整个岛的黄莺叫个不停。在冬季，在通往中学的陡坡顶端，会正面迎风，站在那里的人鼻子会被吹得通红，于是把那里取名为红鼻子岭。但现在即使是刮冷风的天，也不足以吹红鼻子了。

岛南端的辨天海峡成了他们玩西部剧的舞台。海峡西岸铺满了石灰岩，顺着那里走，便可以到达岛上最神秘的地方之一的岩洞入口。从宽一米半、高七八十米厘米的入口进到里面,迂回曲折的道路开始变得宽敞,眼前展开了一幅三层式洞窟的画面。走到那之前,道路都一片漆黑。出了洞窟,便沉落下不可思议般的微光。看不见的洞穴深处贯通着海峡,从东海岸涌进来的海潮在深深的坑洼里,时涨时退。

孩子们单手持着蜡烛进了洞穴。

"小心点哦,太危险了。"

他们一边这样互相提醒着,一边彼此交换着眼神,滑进漆黑的洞穴。伙伴们的脸庞在蜡烛的火焰影下呈现出来。大家都对谁的脸上没有长出浓郁的胡子而感到遗憾。

伙伴们就是阿宏、阿宗、阿胜。他们这一行人要进入洞穴,来一次印第安式探宝行动。

进入洞穴,走在前面的阿宗的头,恰好被厚厚的蜘蛛网缠住了。

"什么呀,头上那么多装饰,你是要成酋长吗?"阿宏和阿胜起着哄说。

他们在长满青苔的墙壁上、不知是谁刻下的梵文前立了三支蜡烛。

从东海岸涌入深坑的海潮,击打在岩石上发出剧烈的声响。这种怒涛声与外面的怒涛声根本无法相比。

沸腾的水声在四周的石灰石洞壁中回响着,声响形成重叠,好像整个洞都在轰鸣、摇晃似的。他们想起在阴历六月十六日到十八日期间,那些深坑里会不知从那个角落出现七尾纯白大鲨鱼的传闻,想到这儿他们便不寒而栗。

这些年轻人玩游戏,是可以自由换角色的,敌我常常随意互换。把头顶缠着蜘蛛网的阿宗推上"酋长"位置后,两人便放弃了边境守卫队队员,变成了印第安人的随从,面对着恐怖的浪潮声,守在"酋长"身边。

阿宗也默认领会,威严地坐在蜡烛下的岩石上。

"酋长大人,那个可怕的声音是什么?"

阿宗用严肃的口吻答道:"那声音吗?那可是神在发怒呀!"

"那我们应当怎样做,才能让神灵大人平息怒火呢?"阿宏问道。

"是啊,除了供奉东西祈求以外,别无他法呀。"

大家把从母亲那里要来或者偷来的煎饼和馒头放在报纸上,供奉在对着深坑的岩石上。

"酋长"阿宗从两人中间通过,严肃地走到祭坛前,跪在石灰石的面上,双臂高高举起,随即诵起奇怪的咒文,上半身一会儿抬起一会儿弯下地祈祷着。阿宏和阿胜也跟在他身后,和"酋长"一样祈祷叩拜起来。当冰冷的岩石透过裤子触及膝盖时,阿宏也好像感觉到自己成了电影中的一个人物。

幸亏，神灵好像息怒了，浪涛声变得平静了一些。于是大家围坐在一起，享用起撒下来的煎饼和馒头。这样的吃法，比平时可要好吃十倍以上。

这时突然传来一声轰然巨响，在深坑里溅起了高高的水花。在昏暗的洞穴中一瞬间溅起一地水花，看起来宛如洁白的幻影。大海响起轰鸣，摇晃着洞窟，仿佛要把围坐着的三个"印第安人"卷入海底。阿宏、阿宗、阿胜都害怕起来。不知从哪儿刮来一阵风，吹灭了一支岩壁梵文下方摇晃的蜡烛，这个时候的恐怖程度可不是开玩笑的。

但是这三人平日里就爱面子撑场面，年轻人们就任由本能所想，立即用游戏掩盖恐慌。扮演着胆小的印第安人的阿宏和阿胜吓得瑟瑟发抖。

"哎呀，好可怕好可怕！酋长大人，神灵发怒啦。神灵到底为什么要这么生气？"

阿宏重新坐回岩石宝座。他摆出酋长的样子，很有样子地颤抖着。被逼迫着回答问题的他，没有任何邪念，就只是一时想起了近两三天岛上在窃窃私语的传闻，想着决定就用那个来回答吧。阿宗清了清嗓子说道：

"因为私通，因为不正当吧。"

"什么私通？"阿宏说道。

"阿宏，你不知道吗？你哥哥新治，和宫田家的女儿初江有私情嘞！"

听到自己的兄长被说闲话，感到明显丢了名誉的阿宏愤怒起来，顶撞冒犯了"酋长"。

"我哥和初江姐怎么了？什么叫有私情啊？"

"你不知道吗？就是男的和女的一起睡过啦。"

这么说着的阿宗其实也没有知道更多了。但阿宏深知这种解释有着浓重的侮辱色彩，他火冒三丈，朝着阿宗扑去。阿宗被抓住肩膀，一拳打在下颌骨上。乱斗就这样简单地结束了。因为阿宗被按在岩壁上时，刚刚还没灭的两支蜡烛掉落到地上也熄灭了。

洞窟里的微光仅能朦胧地看到对方的脸。阿宏和阿宗气喘吁吁，相互对视，他们逐渐意识到在这里厮打下去会招来多大的危险。

"别打啦！很危险啊！"

阿胜从中说和，于是三人便擦亮了火柴，凭借着火光找了找蜡烛，一路上大家都沉默不语，从洞穴里爬了出来。

……他们沐浴着户外明媚的阳光，登上海峡。到了海峡脊背时，他们已忘却了刚才的争吵，平日里的好伙伴重归于好，唱着歌朝海峡背面的小道走去。

……古里海滨镶满礁石

辨天八丈海面平静……

古里海滨坐落在海峡西侧，划出了一条岛上最为美丽的海岸线。海滨中央竖着一座两层式房屋般的巨大岩石，叫八丈岛。这巨岩顶端长着爬地松。爬地松旁四五个顽皮的孩童边叫喊着，边挥舞着手。

三人也挥起手回应着。他们踏足的小道周围，松树间铺着柔软的草丛，草丛中到处都缀满了红色的紫云英。

"啊！小船！"阿胜指着海峡东侧的海面说。那里平静的海滨环绕着小小的、美丽的海湾。湾口附近停着两三只船舶，等待着涨潮。这是只拖着网前行、操控渔网的船。

阿宏也"啊"的一声，和伙伴们一同眯起眩晕的眼，看着波光粼粼的海面。

但是刚才阿宗的话还重重地压在阿宏的心头，随着时间过去，越发感觉到它重重地压在心头。

晚饭时间，阿宏饿着肚子回到了家。哥哥还没回来。母亲独自在炉灶烧火加柴。木柴的劈裂声，交织着炉灶里风声一般的火焰声，加上好似美味极了的饭香，才在此刻将厕所的臭味盖住了。

"妈妈！"阿宏喊道。他两腿岔开，躺在榻榻米上。

"什么事呀？"

"有人说我哥和初江姐有私情，这是怎么回事啊？"

不知不觉中，母亲便离开炉灶，来到阿宏身边端坐下来，眼里闪着异样的目光，看着和女人披散着两边鬓发一样恐怖。

"阿宏，你是从哪儿听来的？是谁这么说的？"

"阿宗啊！"

"这种事不许再说了，也不能对哥哥讲。要是再说，就几天都不给你吃饭。"

对年轻人的情情爱爱，母亲一向是持宽容态度的。在海女的季节，她也很讨厌大家围着火炉八卦别人的事。但说的要是儿子的事情，她就不得不与流言为敌，尽到母亲该尽的义务。

那一晚，阿宏睡着后，母亲贴着新治的耳朵，用低沉有力的声音说道：

"你知不知道，你和初江被人家说坏话了？"

新治虽摇了摇头，却变得满脸通红。母亲虽一头雾水，但依旧纹丝不乱、直截了当地问道。

"一起睡了吗？"

新治摇摇头。

"这样的话，也不应该会被人说长说短啊，是真的吗？"

"真的呀。"

"那好！既然没有，就不用怕了。你得小心哦，这世道人多嘴杂。"

然而，事态并没有朝理想的方向好转。第二天晚上，新治母亲出席唯一属于妇女们的集会"庚申会"，她一露面，大家的脸色就瞬息一变，停止了讲话。因为她们是在说闲话呢。

第二天晚上，参加青年会的新治毫不经意地推门进屋。明亮的裸灯下，大家正围着桌子火热地讨论着什么，一看到新治进屋，便瞬间沉默了。只有潮声在这煞风景的屋子里荡漾，好像屋子里空无一人。新治和往常一样，默默地在墙角抱膝坐下来。而后大家又开始热闹地讨论起平时的话题。今天稀罕得先到场的支部长安夫向桌子对面的新治爽快地点了点头。没有任何疑心的新治笑着回了回礼。

有一天，"太平洋号"出海打渔，午饭时间，龙二惊慌失措地说道：

"新治兄，真是气死我啦。那安夫在说你坏话嘞！"

"是吗？"

新治沉默着笑了笑。轮船在春天柔滑的波浪中荡漾。之后寡言的十吉也很罕见地开口说了这个话题。

"我知道，我知道，那是安夫在嫉妒你呀！那家伙，仗着父亲的权势，是个没什么好脸色的大浑蛋啊！新治也是厉害的美男子啊，被嫉妒了呀。新治你可别在意，要是出了什么事，我站你这边！"

安夫散布的谣言就这样在全村传开了。但还没有传到初江父亲的耳朵里。直到有一天晚上，发生了够全村议论一年也议论不完的事。

由于村里无论多富裕的家庭，也是不会有自家的澡堂的。宫田照吉去了澡堂。他傲慢地用头撩开布帘，像拔毛一般脱下衣服，往篮子里扔，衣服和裤带都散落在篮子外。照吉咂了咂舌，用脚趾把那些夹起，放进篮子里。旁边的人都看得有些害怕，但正是这样才给了照吉为数不多的机会，让其在大众面前展示即使年老，力气也不减当年的威风。

不过这老头的裸体的确好看。紫铜色的四肢没有明显的松弛，目光锐利，坚挺的额头上立着如狮子鬃毛般的白发。喝酒发红了的胸脯与白发形成鲜明的对比。隆起的肌肉因许久未运动而变得僵硬，他犹如被浪涛击打而变得更加险峻的岩石一般的印象在人们心中更加强烈了。

照吉是歌岛劳动、意志、野心和力量的化身。他是第一代财主，粗犷、充沛的精力、和绝不做村里公职的清高性情，反而使他更受到村里人的敬重。对天象气候惊人的预测、在捕鱼和航海方面无可比拟的经验、对村里历史和传统的极高的自负、对人屡屡不能容忍的顽固、自命不凡的可笑、上了年纪也停不下和人吵架的他，总之作为一个活生生的老人，像万事铜像般地活着，也不觉得奇怪了。

他打开浴场的玻璃门。里面很是拥挤，热腾腾的蒸汽中朦胧地看得到人们的行动轮廓。水声和木桶碰撞，产生的明亮的木头声混杂着笑声在天花板引起回响，结束一天的劳动的解放感，在丰足的热水澡里洋溢了出来。

照吉在入浴前绝对不洗身子。他从浴场入口阔步径直走到浴槽，将脚浸到里面。水逐渐变热他也不介意。他对于心脏和脑血管之类的事情，就像对香水和领带一样毫不在意。

浴池里客人即使脸上被溅了水沫，但要是知道照吉来了，都会行注目礼。照吉一直将自己浸泡在没及下巴的水里。

两个在浴池附近洗身体的年轻渔夫并未留意到照吉走了进来，还在那边大声地、肆无忌惮地议论着照吉。

"宫田家的照大爷真是老糊涂了呀。自己家的女儿被糟蹋了还不知道呢。"

"久保家的新治干得漂亮啊！还一直以为他是个小毛孩，不承想就这般不知不觉地吃上天鹅肉啦。"

先前已经在浴池里的客人听了，便沉默着，尴尬地将视线从照吉脸上移开。照吉带着看似平静的脸，泡红的身子从浴池里出来。然后双手拎起两只水桶，从水槽舀起水，走向两个年轻人，猛地将冷水往他们头上淋去，并朝他们背后踹了一脚。

半张脸都是肥皂泡沫的年轻人，本想猛地反击，看到对方是照吉以后便胆怯了。老人抓着被肥皂泡沾滑了的两人的脖颈，将其拽到浴池前，把他们的脑袋狠狠地浸到水里，用粗壮的手指牢牢抓住，像洗东西似的，摇晃着两个脑袋，让其相互碰撞。最后，照吉用余光看到其他客人目瞪口呆地站起来，身子也没洗，就大步走出了浴室。

第 十 一 章

第二天,在"太平洋号"上吃午饭,船老大十吉从烟盒里掏出一张被折得小小的字条,笑眯眯地想把它递给新治。新治刚伸出手,十吉就说:

"听好了啊,看了这个后等一下也不能偷懒啊!"

"我不是那种男人。"新治简洁而干脆地回答道。

"好的。男子汉一言为定。……今天从照大爷家路过的时候,初江悄悄地出来了,没说话,就硬把这字条塞我手里,然后就走了。我还想,我都这把年纪了,还有人给我递情书啊?打开一看原来是给新治的。哎呀,什么呀,我差点都要把它撕碎扔进海里了。想想也有点可惜,还是带来了。"

新治接过字条,船老大和龙二呵呵一笑。

新治用关节突出的粗手指小心翼翼地打开被折得小小的字条。烟末从字条一角落到掌心。字条上的头两三行字是用钢笔写的,之后墨水用尽,便改成用淡淡的铅笔写了。初江用拙劣的字迹这样写道：

"昨天晚上，我父亲在澡堂里听到我和新治你的闲言碎语，很是生气，说我不能再与你见面。父亲就是那样的人，不管我怎么解释也没用了。从晚上渔船返航到早上出海前，我绝对不能外出。打水的班也由隔壁的大娘代替了。总之怎么都不行了。我实在伤心极了。休渔日，父亲就整天守在我旁边，寸步不离。我到底怎样才能和新治见面呢？你想想办法让我们见面吧。通信吧，邮局都是些熟悉的大爷们，太恐怖了！所以，我想每天把写好的字条，放在厨房门前的水缸盖上。新治你的回信也夹到那里去。你自己来取的话太危险了，得找一个信得过的朋友来取。因为我来岛上还不久，还没什么值得信赖的朋友。新治你一定要坚强地活下去啊。我每天都对着母亲和兄长的牌位，祈祷新治你身体健康、平安。神一定会懂我的心情的。"

读着信的新治，脸上有因为和初江的感情被破坏的伤感，也有因为初江的真挚带来的欢喜，就像向阳面和背阴面交替着出现。新治一看完信，十吉作为信使，便好像是理所应当的权利一般，将新治手里的信纸抢过来，读了出来。为了让龙二听到，十吉大声读着，而且用十吉专有的浪花小调读，就像他一个人读报纸时的强调一样。虽然知道十吉没有任何恶意，但将心爱的人认真写的信读得那么滑稽，新治还是有些伤心。

但是，十吉深受感动，读的途中好几次深深叹气，好几次发出一些感叹词。最后，他用平日里指挥捕鱼时，在平静白昼下、百米之内的海面都能听到的声音抒发了自己的感想。

"这姑娘可真聪明！"

在十吉的央求下，新治在没有外人，只有可以信赖的人的船上渐渐吐出了心里话。他实在是不会讲话，时而前言不搭后语，时而说漏关键的点，要把话讲完得花很多时间。终于讲到关键的地方了，就是讲到暴风雨那天，两人裸着身体抱在一起最终也未能成事的时候，平日里没什么笑容的十吉听了后却开始笑个不停。

"哎呀，要是我呀，要是我呀！你真是太可惜了。不过也是因为你没碰过女人嘛。而且，这姑娘可健壮啦，或许你不是她对手啊。可是即便如此你也太傻了。不过也行吧，等你将她娶进门来，再一天蹂躏她个十次加以补偿。"

比新治小一些的龙二听了这番话，露出一副似懂非懂的表情。新治也没有像城市里长大的孩子那样敏感、易受伤的神经。成年人的哄然大笑并不会伤害到他，对他来说倒不如说是种慰藉和温暖。推动着船舶的平缓波浪，让他的心平静下来，讲出了所有的话，他变得安详了。于是这个劳动场所就变成了意想不到的喘口气的地方。

龙二主动请职担任每天早晨去水缸盖取信的任务。因为他每天从家到港口的道路必定要经过照吉家门前。

"从明天开始,你就是邮局局长了。"

平时不常开玩笑的十吉说道。

于是每天的来信成了三人午休时的话题。三个人时常共同分享着信里的内容带来的忧伤和愤怒。尤其是第二封信激起了他们的愤懑。信里详细地写道:"安夫深夜在泉边袭击初江,虽然初江也没有受其威胁破坏约定,但安夫为了泄愤,便在村里到处散布谣言。初江在被禁止与新治见面的时候,初江把安夫的暴行给父亲明说了,父亲对安夫却没有任何处置,依旧与安夫家来往密切,而初江连看安夫一眼都觉得恶心。"信最后还写道:"请放心,我绝对不会让安夫钻空子的。"

龙二为新治感到愤恨,新治的脸上也罕见地出现了愤怒的神情。

"我这样太穷了才不行吧。"

新治这样说道。他过去没有发过这样愚蠢的牢骚。比起自己的贫穷,他为自己讲出这样的话而表现的软弱深深感到羞愧,快要流下眼泪。但年轻人绷紧脸,对抗着突如其来的泪水,终于还是没有让人看到这副难看的样子挺过去了。

十吉这次没有再笑了。

十吉嗜烟有个怪癖，就是每天交替着抽烟丝①和卷烟。今天轮到抽卷烟了。在抽烟丝那一天，他经常将黄铜烟管往船边敲打。因此船舷的一个部位微微凹了进去。爱惜船的他，就不再隔日抽烟丝，改成隔日用海棠松手做的烟嘴抽"新生"牌卷烟。

十吉避开两个年轻人的目光，一边抽着海棠松烟嘴，一边望着布满彩霞的伊势海。彩霞中隐约可见知多半岛一端的师崎②一带。

十吉的脸犹如皮革一般。连那深深的皱纹都被晒得黝黑，绽放着光芒。他目光锐利、炯炯有神，但已经没有了年轻时的澄明。取而代之的是一种深刻的沉淀，犹如可以和强烈的阳光的曝晒相对抗的皮肤一样。

从作为渔夫的经验和年龄来看，他知道接下来要做的就是平静地等待。

"我知道你们在想什么，你们是想把安夫打一顿吧。可是，你打了他也没用啊！傻子就随他去吧。我知道新治很难过，但最重要的还是忍耐啊！就像钓鱼，一定得耐心啊。迟早会变好的。正当的东西即使保持沉默也一定会胜利的。照大爷也不是傻瓜，不会连正确和不正确都分不出来。就先别管安夫了。最终一定还是正确的一

---

① 指将烟叶切成丝状、粒状、片状、末状或其他形状，再加入辅料经过发酵储存，不经卷制即可供销售吸用的烟草制品。
② 指位于爱知县的大字师崎。日本的重要港口。

方胜利。"

村里的流言就像每天被搬运的邮件包裹和粮食，即使迟一点，也会在第二天就传到灯塔人的耳朵里。照吉禁止初江与新治见面的消息，传到千代子耳朵里时，她便感到深深的罪恶感，心里一片灰暗。新治应该不知道那无中生有的流言是出自千代子之口。至少千代子是这么认为的。千代子怎么也无法正视新治那副无精打采地送鱼上门的样子。再加上千代子莫名的不开心，让老好人的夫妇俩不知所措。

春假结束，千代子迎来了回东京宿舍的一天。她怎么都无法坦言，那个传言是出自自己之口。她觉得，若没有得到新治的原谅就这样回东京去的话实在不行。千代子的心就这样变得复杂又矛盾。新治也并没有对自己生气，而千代子却想在不坦白自己罪名的情况下得到新治的原谅。

千代子回东京的前一天晚上，借宿在邮局局长家里。天亮前，她独自往忙碌着准备出海的海滨走去。

人们在星光下干活。船被"算盘"拖着，随着大嗓门的吆喝声，渐渐地被推向哗啦啦的浪潮中。绑在男人们头上的白色手巾与毛巾显得格外醒目。

千代子的木屐，一步一个脚印地印在了冰冷的沙滩上。沙子又从她的脚背悄悄滑下去。没有人顾得上看千代子一眼。每天单调而强有力的劳动,将这些人牢牢地抓住,使他们从身体和心底开始燃烧着。看着没有一个人像自己那样热衷于感情问题,千代子想到这儿,不禁有些羞愧。

然而,千代子的眼睛竭尽地透过黎明的昏暗,寻找着新治的身影。但那里尽是同样装束的男人,想要在黎明时分分清他们的脸实在困难。

一只船下到海里,沐浴着波涛,仿佛得救了似的。千代子不由自主地向那里走近,喊着头裹白色毛巾的年轻人的名字。那刚要踏上船的年轻人回过头来。看那笑容上整齐的白牙,千代子便清晰地认出了那是新治。

"我今天要回东京了,是想来跟你告别的。"

"是吗?"新治沉默着。他不知道以什么样的口吻,生硬地讲道:"……再见。"

新治着急起来。千代看着他急,自己也更急了。她什么话都说不出,更不要说坦白了。她闭上眼默默祈祷:新治哪怕在自己眼前多待一秒也好。于是她明白了,她想求得新治宽恕的心情,其实和她一直以来想得到新治的抚慰是一样的,只是一种戴着假面出现的东西罢了。

千代子到底想被宽恕什么啊?这个坚信自己长得丑陋的少女,突然之间,把一直以来压抑在心底的问题情不自禁地说了出来。

"新治，我真的有那么丑吗？"

"什么？"

年轻人不知所云地反问道。

"我的脸，真的有那么可怕吗？"

千代子祈祷破晓的昏暗能够让自己的脸看起来稍微美一点，但是事与愿违，东边的海面已经泛白了。

新治当即做了回答。他很着急，因为过于迟缓的回答会伤了少女的心，于是避开了这种事态。

"怎么会呢，很美啊！"他说着，一只手搭在船尾，一只脚跃到船上，又说道："很美的啦！"

谁都知道新治不是会说恭维话的人。但是他在紧急场合，只能用紧急、适当的回答回复了。船动起来了。他在远去的船上欢快地挥舞着手。

就这样，岸上停留着一个幸福的少女。

那天早晨，与从灯塔下来送行的父母聊天的时候，千代子神采飞扬。灯塔长夫妇也惊讶、纳闷着女儿为何要回东京会这么高兴。"神风号"离开码头，站在温暖的甲板上、形单影只的千代子，从今早便开始不断回味着幸福感，在孤独中变得更加圆满了。

"他说我很美啊！那个人说我很美！"

那一瞬间，千代子重复着那句说了几百遍的话。

"他真这样说了啊！光这一点就够了！不能再期待更多了，不能还期待被他爱上了，他已经有中意的人了。我为什么要干那么坏的事呢？是因为我的嫉妒才使他陷入那么不幸的境地吧。然而他却对我的背叛报以好意，说我美。我必须得赎罪了……一定要尽我的力量，尽可能地回报他。"

海浪上传来奇妙的歌声，打乱了千代子的思绪。定睛一看，原来是伊势海航道方向，驶来插满红色旗帜的船儿，歌声是船上的人发出的。

"那是什么？"

千代子询问正在绕着缆绳的年轻船长。

"那是去参拜伊势神宫的船啊！从骏河湾的烧津和远洲方向来，乘着捕鲣鱼的船，带着家人来鸟羽啦。立着写满船名的红色旗帜，喝着酒，唱着歌，有的还在赌博。"

红色的旗帜逐渐鲜明，船速飞快的远洋渔船靠近"神风号"，歌声乘着风，逐渐变得嘈杂起来。

千代子在心中反复道：

"他说我很美啊！"

第 十 二 章

转眼间，春天就要过去了。树木开始转绿，东侧岩壁上丛生的文殊兰的花期还尚早，但岛上早已开满五彩缤纷的奇花异草。孩子们都去上学，一些海女已经潜到冰冷的水下采海带了。于是，家中无人也不上门锁、敞开着窗户的空屋子就多了起来。蜜蜂们就这样自由地来到空屋子里，在空荡荡的家中到处飞，沿着一条直线撞在镜子上，才吓破了胆。

新治不擅长考虑事情，他想不出与初江见面的任何方法。虽说到现在为止他们也只有很少几次幽会，但即将相见时的喜悦也足以让他忍受等待的时间。如今无法相见，想要相见的心情就愈加迫切。而新治又答应过十吉，不会倦怠捕鱼工作。于是新治只能每晚捕鱼回来后，等到人迹罕至时到初江家附近去徘徊。偶尔，二楼的窗户会打开，初江从那里探出头来。除非月光刚好照到她的脸上，否则她的脸都是被笼罩在阴影中的。但是，年轻人凭着极佳的视力，可以清楚地看到那双湿润的眼睛。初江顾忌着附近的邻居，没有出声。新治也只是在后院田地周围的石头墙后抬头看着少女的脸而已。这种短暂幽会的痛苦，初江会在第二天龙二带来的信中详细讲到。读起那个，新治就觉得初江的身影和声音重叠。有了声音和身影，昨晚看到的沉默的初江就变得活灵活现了。

对新治来说，这样的幽会也是十分痛苦的。他索性独自去岛上人烟稀少的地方徘徊，排解心中苦闷。他有时候会走到岛南端德基王子的古坟处。古坟没有明确的界限，但在坟头顶端的七棵古松之间，立着一座小牌坊和祠堂。

德基王子的传说已经讲不清了。连德基这个名字是哪国语言都不知道了。据一对六十岁以上的夫妇说，在阴历正月举办的古式祭奠上，打开了一个神奇的盒子，里面可以窥见一件像笏一样的东西。这件神秘的宝物与王子究竟有什么关系也无从得知。直到十年前，这座岛上的孩子还是管母亲叫"唉丫"。是因为王子叫妻子为"嘿丫（部屋）"，幼小的小王子便误叫成了"唉丫"，所以人们就这样叫开了。

据说，很久以前从遥远国家来的王子，是乘着黄金船来到这座岛上的。王子娶了岛上的姑娘为妻，死后便被葬在这里。王子的一生没有留下任何传言。不管是额外附加还是造假杜撰的悲剧故事，都没有被安在王子的一生中。即使这个说法是真实的，也恐怕是暗示着歌岛的王子的一生，幸福到没有任何故事可言。

也许德基王子是天使下凡到这片不为人知的土地的。王子在人间度过了不为人知的一生，幸福和天宠自始至终都没有离开过他。于是他的尸体便没有留下任何传说，就被埋在美丽的古里海滨和八丈岛的陵坟里了。

然而不幸的年轻人徘徊到这小祠堂旁，走累了就在草地上抱膝坐下，眺望月光照耀下的大海。月亮周围出现了光晕，预示着明天将要下雨。

次日清晨，龙二去取信时，发现初江为了不让信被打湿，将信放在水缸木头盖的一角，还用脸盆盖在上面。出海的一天都在下雨。新治在午休时间披上雨衣，读起收到的信。字迹难辨极了。因为信是早上写的，如果开灯，便会引起怀疑，所以初江是在被窝里摸索着写的。她之前一直是在空闲的白天写，然后在白天出海前"投稿"。可是她今天有想要告知他的事情，就撕掉了昨天写的长长的信，取而代之写了这封。

初江在信里说，她做了一个吉利的梦。神灵告诉她，新治是德基王子的化身，并且会和初江圆满地结婚，然后生下珠玉一般的孩子。

照理来说，新治去德基王子古坟参拜的事初江是不会知道的。受到这种不可思议的感应的冲击，新治决定今晚回去以后，针对初江的梦好好想想，回她一封信。

自从新治开始干活赚钱以后，母亲就可以不用在冰冷的海水里拼命干活了。她想等到六月份再下海。然而，勤劳的她，随着天气转暖，光干家务对她来说已经不够了。一有闲暇，就要操心一些多余的事。

她时常挂心着新治遭遇的不幸。和三个月前相比，现在的新治愈发沉默了。他沉默寡言的性格还是和以前一样，但沉默的脸上洋溢出的年轻人的活力却消失了。

一天，母亲上午干完针线活，在百无聊赖的午后，迷茫地想着可以将儿子从不幸中解救出来的办法。家里虽然照不到阳光，但到了晚春，可以看到晴朗的天空，被邻家的泥墙屋顶分成几个片段。母亲决定到外面走走。她一直走到防波堤，眺望着破碎的浪涛。她也和儿子一样，一想事情，就会去找大海商量。

在防波堤上挂满了系着章鱼罐的绳子。即使在几乎看不见船只的海滨，也能看到大大地被铺开晒着的渔网。母亲看到一只蝴蝶突然从晾开的渔网那边朝防波堤飞了过来。那蝴蝶有着一对又大又黑的美丽翅膀。它也许是想到渔具上、沙滩上或是水泥地上寻找些奇异的花朵吧。渔夫们家里没有豪华精致的庭院，只有沿着道路，用石块围成的小花坛。蝴蝶们好像是厌烦了这里小家子气的花儿，才飞来海滨的吧。

防波堤外，波浪总是倒腾着地底下的泥土。岸边沉淀着黄绿色的浑浊物。波涛一涌来，便泛起浑浊。母亲看到蝴蝶忽然离开防波堤，靠近浑浊的海面，眼看着好似要停下来，忽而又高高飞起。

"好奇怪的蝴蝶啊！它在模仿海鸥呢。"

她这样思索着，注意力完全被蝴蝶吸引了。

蝴蝶高高飞舞着，欲逆着海风离开海岛。风看起来似乎很是温和，但对于蝴蝶那柔软的翅膀来说，还是狠狠的撞击。即使那样，蝴蝶还是向高空飞远了。母亲看着天空，直至蝴蝶变成一个黑点。蝴蝶总是在她视线里的一角振动着翅膀，被大海的广阔和闪耀所眩晕。恐怕是那映在眼里的岛影，它看似很近，却又察觉实际距离的遥远而感到绝望。于是这回它低低地飘在海面，又回到防波堤了。它停歇在晾晒着的渔网的影子上，给其添加了一笔粗粗的网眼。

母亲本是不信任何暗示和迷信的，但看到这种蝴蝶的徒劳，她的内心也蒙上一层阴影。

"蝴蝶真傻呀！要想去其他地方，停在联运船上不就可以轻松地去了？"

然而，在岛上一直没什么事情的她，已经很多年都没有坐过联运船了。

不知为什么，这时新治母亲的心里，有了一股无比的勇气。她迈着坚定而有力的脚步离开了防波堤。途中还遇到一个海女向她打招呼，她却没有任何回应，好像被什么东西吸住一般径直走去，身边那海女吓了一跳。

宫田照吉是村里屈指可数的大财主。他家的房子虽然是新建的，但也不是比其他人家高耸很多的房子。这房子没有大门，也没有石墙。进门左侧是厕所掏粪口，右侧是厨房的窗户，好似是对坐在观礼台的左右大臣一般，拥有着等同的资格，堂堂正正对峙着。这种构造，和其他人家没有区别。只是它被建在斜坡上，用来储物的地下室是用坚固的钢筋水泥建造的，牢牢地支撑着这座房子。地下室的窗户是靠着小巷而开的。

厨房门口，放着可以容纳一个人的水缸。初江每天早上夹信的木盖，表面上是好好地盖着，以防止水里落入尘埃。但一到夏天，不知不觉中就会不可避免地有蚊子和虱子的死尸漂浮在水面。

新治的母亲想要踏进门，却还是犹豫了。因为她平日里和宫田家也没有来往，来造访这里就足够村里人议论了。环顾四周，没有人影。只有两三只鸡在小路上徘徊，后方人家稀疏的杜鹃花透过叶子，将下方大海的颜色显现出来。

母亲捋了捋头发，但还是被海风吹得凌乱。她从怀里掏出缺了齿口的红色塞璐珞梳子，迅速地梳起来。她穿的是平时穿的衣服。没有施胭脂粉的脸、被晒得黝黑的胸脯、尽是补丁的劳动服下，没有穿袜子的赤脚蹬着木屐。由于长年当海女的她有用脚蹬海底浮上水面的习惯，即使多次受伤也无大碍的脚趾上，有着硬化了的、尖锐弯曲的指甲。虽然那绝对不能说是美丽的，可它踩在地上时却是无比稳固而不可动摇。

她走进泥地。泥地上有两三双木屐杂乱地脱在那里。其中一只倒翻着，另一只系着红色木屐带的鞋，看着刚去过海边，鞋底还残留着湿润的泥沙。

家中寂静无声，飘荡着一股厕所的臭味。围绕着泥地房的屋里很昏暗。在房间正中间，从窗户投进来的姜黄色包袱一般的日照清晰地落在地上。

"你好。"母亲喊道，而后稍作等待，却也不见应答，便再次呼喊。

初江从泥地房一侧的楼梯走了下来。

"啊，是伯母啊。"初江说道。她穿着朴素的工作服，头发上系着黄色丝带。

"好漂亮的丝带呀！"母亲客套了一句，边说着边仔细端详起让自己儿子朝思暮想的这位姑娘来。不知怎的，她看着有些消瘦，脸色也有些苍白。于是她那双黑色眼眸显得更加明亮了。初江知道她在观察自己，就害羞地脸红起来。

母亲坚定着自己的勇气。他要见照吉，帮儿子申诉无辜，吐露真情，促成两个人的好事。这事除了双方家长交谈协商，别无他法。

"父亲在家吗？"

"在。"

"能不能帮忙转告一下，我有事想和他谈谈？"

"好的。"

初江带着不安的神情上了楼梯。母亲在房屋入口处的地板框下坐了下来。

母亲等了很久。她心想，要是带着香烟来就好了。在等待的时间里，她的勇气渐渐被磨灭了。她终于发现自己所抱有的想象是多么狂妄。

寂静中传来楼梯的咯吱声。初江下来了，但走到中途停住，稍稍扭转身体，说道：

"那个……父亲说他不见。"

"不见？"

"嗯……"楼梯那边很昏暗，看不清初江的脸。这个回答把母亲的勇气完全挫败了，屈辱感将她驱使到另一种激愤当中。她突然回想起自己劳苦的一生和守寡以后说不尽的艰辛。她用几近口吐飞沫的口吻，一边半边身子出了大门，一边怒斥道：

"好啊，你是想说不想见我这个贫穷的寡妇啊，是想说不要踏进你们家是吧？这话我先说才对啊，喂，听好了，转告你父亲，我是不会再踏进这种人家的家门了！"

母亲气得还没有向儿子讲述这次事情的始终,就开始乱发脾气,她憎恨初江,讲初江坏话,还和儿子起了冲突。第二天母子俩都没有讲话,再到后一天两人就和解了。母亲于是向儿子哭诉了造访照吉的失败经历,然而新治早已在初江的来信中知道了此事。

母亲在自己的阐述中,把自己最后那段胡言与怒吼给省略了,而初江也为了不伤新治的心把那段话省略了。于是新治便对母亲吃了闭门羹产生了一种屈辱感。善良的年轻人,觉得对于母亲说初江坏话,虽不合乎情理,但也是无可奈何。新治出于孝道,决定把在此之前丝毫没有对母亲隐瞒过的、对初江的爱慕之情,从今往后只对师傅和龙二袒露。

于是,由于失败的善行,母亲变得孤僻了。

幸好从那以后,一直没有休渔日,否则又要叹息不能与初江相见而度过漫长的一天。就这样,他们一直没能见面,在五月的一天,新治却从龙二那里收到了一封让他欣喜的信。

"明天晚上,父亲难得要宴请客人。是从津县政府来的客人,晚上留宿在我们家。父亲要是接待客人,就会大口喝酒,早早就寝。大概晚上十一点是没问题的,可以溜出来。请你在八代神社院内等我……"

这一天,新治打渔回来,换上新衬衫,什么都没有被告知的母亲就这样一直看着这个身影。她好像再一次看到了儿子在暴风雨那天的身影。

新治早已熟知等待的苦楚了。他想要是让女方等等就好了,可那不行。母亲和阿宏一就寝,他就出门了,这时离十一点还有两个小时。

他想,不如到青年会去打发时间吧。海滨小屋从窗户里流泻出灯光,里面传来年轻人的谈话声。新治觉得他们是在讨论自己,就离开了。

来到晚上的防波堤,年轻人迎面吹拂着海风。于是他想起第一次从十吉那里听说初江身世的那天傍晚,目送着行驶在水平线上、晚霞前的一艘白色货船,心中涌出一种未知的感动。那是一只"未知"船。看着远去的"未知",他的心是平和的。但一旦乘上"未知"船,便有不安、绝望、混乱和悲欢交织着涌上心头。

他此刻理应为喜悦而振奋的心,好像懂得自己受到挫折,有种不可动摇的理由。今晚和初江见面,应该会被要求尽快解决吧。私奔吗?可是两人都在岛上,想要出逃,必须得有船才行。可新治也没有一艘自己的船,也没有钱。殉情吗?岛上是有殉情的人,可他们都是些自私的人。这么一想,年轻人坚实的心便拒绝了这样做,也就丝毫没有死的念头了。对他来说还有更重要的事,就是他还有个家要养。

他一左思右想,时间就意外地过得飞快。本来不善于思考的他震惊地发现,思考能带来意想不到的效果,竟能对消磨时间有如此的作用。可是,年轻力壮的他果断放弃了思考。不管它有多大的作用,对于这个新习惯,他最先发现的,还是思考存在着极端的危险。

新治没有手表,严格来说,是不需要手表。不管白天黑夜,他都有一种可以感知时间的、不可思议的才能。

比如,观察星星运转。他虽然不擅长用精密的器械测定,但可以用身体感知黑夜的大循环和白昼的大循环。只要置身于大自然的一角,就不可能不知道大自然正确的秩序。

但其实,新治此刻坐在八代神社事务所门口台阶上,已经听到了十点半的钟声。神父家族都已经入睡。年轻人的耳朵紧贴窗户,仔细数着挂钟,迎来轻轻敲响的十一点钟声。

年轻人站起身,穿过松林昏暗的树影,登上两百级台阶。没有月光,薄雾笼罩天空,只能看见一些稀稀疏疏的星星。即使那样,石灰石的台阶上也到处聚集着微光,在新治的脚下,宛如巨大、庄严的瀑布,白茫茫地展开着。

伊势海广阔的景观完全隐藏在黑夜中,比起知多半岛和渥美半岛稀稀拉拉的灯光,宇治山田一带的灯光更为凝聚,没有间隔,壮观地连接着。

年轻人对自己穿上新衬衫而感到得意。这种抢眼的白色,即使在两百级台阶最下级看,也能立马映入眼帘。在大约一百级的地方,台阶两旁伸出松枝,投下昏暗的影子。

……石级下方出现一个小小的人影。新治心潮澎湃,喜悦极了。一心只顾着往石级上跑的急切的木屐声,发出了与那小小身影不相符的广阔的回响。也看不见她气喘吁吁的样子。

新治抑制住了自己想往下跑的冲动。因为等待了如此长时间的他,已经有权利悠然地在石级最上面等候了。也许等到可以看见她的脸的时候,就会情不自禁地大叫她的名字,直接冲下去了。什么时候才能看到她的脸呢?在一百级的地方吧。

这时候,新治的脚下传来异样的怒斥声。那声音的确是在叫喊初江的名字。

初江在一百级台阶稍稍宽敞的地方突然停了下来。她的胸脯在剧烈地起伏着。躲藏在松树背后的父亲出现了。照吉抓住女儿的手腕。

新治看着父女俩三言两语地进行交锋,犹如被捆住似的,呆滞在石级顶端。照吉看都没往新治那边看一眼,便抓着女儿的手走下石级。年轻人以同样的姿势,束手无策,脑袋犹如麻痹了一般,像士兵一样站在石级最上面。父女俩的身影下了石级,向左转去便消失了。

第 十 三 章

海女的季节对于岛上的姑娘来说，和城市里的孩子带着压抑的心情，直面期末考试的时期一样。这种技能是她们从小学二三年级开始，通过在海底抢石头的游戏中锻炼出来的，再加上好胜之心，自然而然地也就熟能生巧了。当然一旦踏入这条道，便要严肃面对工作，不可再如玩耍时那般掉以轻心，所以姑娘们就开始畏惧了。当春天来临时，她们便早早地开始烦恼即将到来的夏季。

比如，冰冷、窒息、海水渗入潜水镜里时无以言表的痛苦感、再够两三寸就可以够到鲍鱼时全身袭来的恐惧和虚脱感，还有各种受伤、脚蹬海底浮上来时指尖扎到尖锐贝壳的伤、硬撑着下海潜水后铅一般沉重的身体……像这样的记忆越来越深刻，灵魂上的恐惧也愈发强烈。甚至在深度睡眠状态下，噩梦也会突然而至，袭击姑娘们，在暗夜，在安宁的被窝里，她们亦能看到汗渍渍的双手。这种事已司空见惯了。

而那些结了婚、年纪略长的海女则不一样。她们潜出水面后，便会高声歌唱、大声说笑。在她们的节奏里，似乎工作和娱乐已经浑然一体。看着这般情景的年轻姑娘们，觉得自己是绝不可能成为她们那样的，却在不久的几年以后，不知不觉中也成了快活而熟练的海女之一，自己也感到惊愕不已。

六月、七月是歌岛海女们工作最繁忙的季节。工作基地在辨天海峡东侧的平静海滨。

那一天正值梅雨季前夕，已不能说是初夏的烈日下，海滨上燃烧着火焰，烟雾随着南风飘到王子的古坟处。平静的海滨拥抱着小小的海湾，海湾直面太平洋。海面上方耸立着夏天的云雾。

小小的海湾，正如它的名字，有着庭院一般的结构。围绕着海滨的石灰石岩石，使得模仿西部剧的孩子们能够藏身于岩石后，发射手枪，成了绝好的布景地。并且岩石表面光滑，到处都有小手指大的洞穴，成了螃蟹和海虫的栖息之地。被岩石包围的海滩白花花的，面临大海的左方悬崖上，正值盛开期的文殊兰不像凋零期那样凌乱，而是生理性地将像葱花一样的白色花瓣朝蔚蓝的天空绽开着。

篝火周边，被午休时分的谈笑声包围着。虽然沙地还不至于热得烫脚，海水也还很冷，但即使那样，也不至于一从海里上来就要披上棉袄烤火。大家高声谈笑着，挺着胸脯夸耀自己的椒乳，有的还把椒乳向上托。

"不行不行,得把手放下来。用手托着,怎么样都是骗人的呀!"

"用手捧着,怎么都是假椒乳,还说什么呀!"

大家笑着,互相比着椒乳的形状。

每个椒乳都被晒得黝黑,没有神秘的白色,也看不见静脉透出来。于是也看不出那里的肌肤是特别的敏感之处。但是被太阳炙烤的肌肤里面,有着蜜一般半透明、闪着光泽的色彩。乳头周围蔓延的乳晕,是那种肤色自然的延续,并不是唯有那里才有的神秘、湿润的黑色。

围绕在篝火周围许许多多的椒乳中,有些已经干瘪,有的像葡萄干一样又干又硬,唯有乳头还风韵犹存。总的来说,她们都有发达的胸肌,椒乳没有沉重地垂下来,而是结实地长在宽阔的胸脯上。像那样的情况,都是不知羞耻地、天天晾晒在太阳底下,像果实一般发育出来的。

一个姑娘苦恼于左右椒乳大小不一,一个耿直爽快的老太婆安慰她说:

"不用担心,以后情郎会给你揉好看的。"

大家笑了,姑娘还是担心地问道:

"是真的吗,阿春婆?"

"真的呀,以前也有个姑娘这样,有了情郎以后就匀称多啦。"

新治的母亲最引以为豪的就是自己还保持着水嫩的椒乳。比起有丈夫的同龄女性,自己的椒乳是保持得最好的。她的椒乳好像不知缺爱的饥渴,也不知生活的艰苦似的,即使在夏天,也面朝太阳,直接从太阳那里获取无尽的力量。

年轻姑娘的椒乳并不会引起她的嫉妒心。但是唯有一对美丽的椒乳,不只新治母亲,一般人看了都叹为观止。那就是初江的椒乳。

今天是新治母亲头一天参加海女工作,也是头一次能够好好看看初江的机会。经过上次的怒吼之后,虽然两人见面也交换注目礼,但初江本身也不是爱说话的人。今天也到处忙活,两人也没太多讲话的机会。即使在这样竞比椒乳的场合,讲话的都是些年长的女人。本就拘谨的新治母亲,也不想特意从初江那里引出话题。

然而看到初江的椒乳,她断定关于初江和新治的流言蜚语会随着时间的流逝而消失。看到这对椒乳的女人们一定不会再怀疑了。那绝不是一对和男人上过床的椒乳,那是一对即将绽放的蓓蕾,一旦开花,将会是多么美丽啊!

在顶起蔷薇色蓓蕾、微微隆起的两座山峰之间,有一条经太阳暴晒的峡谷,肌肤纤细、柔软却不失冷艳,飘逸出一股早春的气息。但是那有些许坚硬、隆起的部分,像是即将苏醒般地沉睡着，只需用一根羽毛轻轻一触，加上一丝微风的爱抚，它便能醒来似的。

这对健康的处女的椒乳，有着难以形容的形状。老太婆情不自禁地用粗糙的手碰了碰乳头，初江吓得跳了起来。

大家都笑了。

"阿春婆知道男人的心情了吧。"

阿春婆用双手抓了抓自己皱巴巴的椒乳，高声说道：

"哎呀，还是个未熟的青桃啊！我这个是已经腌入味的腌菜了。"

初江笑了，晃了晃头发。从她的头发上掉下一片透明的绿色海藻，落在耀眼的沙滩上。

大家正在吃午饭的时候，一个熟悉的异性掐着点，从岩石背后现出身来。

海女们故意惊叫起来。她们把竹皮便当放在一边，捂住椒乳。其实她们并不惊讶。这个不速之客是季节性地来岛上的老商贩。她们是故意戏弄这个老头，才装作害羞的。

老头穿着破旧的裤子和白色的开襟衬衫。他把背着的包袱卸在岩石上，擦了擦汗。

"别这么惊慌嘛！我来这不行的话，回去就是了。"

商贩故意这么说，因为他知道在海滨给海女们看东西，最能激起她们的购物欲。在海滨,海女们都会变大方。在那里让她们尽情挑选货品,到了晚上送到她们家再结款。海女们也很喜欢在阳光下辨别衣服色泽。

商贩把货物摊在岩石背后。海女们嘴里塞着各种食物,在货物周围围成一堵人墙。

有浴衣、有便服和童装、有腰带、有裤子、有衬衫,还有眼用丝带。

在揭开这被塞得满满的平木箱盖子时,海女们都纷纷赞叹。里面塞满各种小物件,有小荷包、木屐带、塑料手包、丝带和胸针等。

"都是大家喜欢的东西呀!"一个年轻海女实诚地说。

许多黝黑的手伸了出来,仔细挑选着,品评着,互相讨论交流适合或不适合,还玩笑着讨价让打对折。最终,卖了近千元的浴衣两件、混纺腰带一条,还有很多零零碎碎的小物件。新治母亲买了一个两百日元的塑料购物袋,初江买了一件白色质地、年轻人爱穿的印着牵牛花的浴衣。

老商贩对这意想不到的买卖感到欣喜。瘦骨嶙峋的他,能在开襟衬衫领口的地方看到被晒得黝黑的肋骨。斑白的头发被剃得很短,脸颊到太阳穴一带沉淀着几条黑色皱纹,因为牙齿被烟渍玷污、稀稀拉拉,他讲话有些口齿不清,放大声讲就更听不清了。不管怎么说,海女们看着他脸上抽筋一般的笑容和夸张的姿态,就知道他能摒弃贪婪,提供优质服务。

他用长着长指甲的小手指在小物件箱里匆忙拨动了一下,拿出两三只漂亮的塑料手包。

"看看。这蓝色的适合年轻人,棕色的适合中年人,黑色的适合老人……"

"那我是该买适合年轻人用的嘛!"

阿春婆开着玩笑,打着岔,大家都笑了。于是老商贩越发扯着嗓子说:

"现在最流行的塑料手包,一个八百日元。"

"哎呀,这价格可真不便宜啊!"

"都是叫高了的。"

"货真价实的手包,若是你们买了一个,我就再免费送一个给你们其中一位。"

大家天真地一齐伸出了手,老商贩撩开她们的手,皱着眉说道:"一个,我只能给一个。近江屋大酬宾,恭祝歌岛繁荣昌盛。不管是谁,赢的就得一个。年轻人给蓝色,中年人给棕色……"

海女们咽了咽口水,因为要是搞到手就可以免费得到一个价值八百日元的手包。

老商贩从这种沉默中获取了仿佛收揽人心的自信。他想起自己以前当小学校长时，因为女人问题而失职才落到这般地步。他想再次当上运动会的指挥。

"反正是比赛，不如来个报恩歌岛的比赛吧。大家觉得怎么样？来个采鲍鱼比赛吧。在一小时内，看谁采到的鲍鱼最多，奖品就给谁。"

他端正地在另一块岩石上铺上包袱布，隆重地放上奖品。其实这些东西都是五百日元左右，却看起来十分像价值八百日元的东西。面向年轻人的奖品是天蓝色的、新船型的箱状手包。那鲜艳的蔚蓝与闪闪发光的镀金扣带，形成妙不可言的对比。面向中年人的手包也是箱状的，是用假鸵鸟皮仔细压制成的，乍一看和真鸵鸟皮区分不出真假。只有面向老年人的黑色手包不是箱状的，但不管是金色细长扣带，还是长条船的形状，都是做工细致的上等工艺品。

想要中年人棕色手包的新治母亲最先报了名。

紧接着报名的就是初江。

自愿报名的八名海女，乘着船离开岸边。掌舵的是一个不参赛的中年胖女人。八个人中只有初江是年轻人。自知赛不过人家的年轻姑娘，就放弃比赛，在岸边为初江加油。留在海滨上的女人们，各自为自己偏爱的选手加油。船沿着海岸从岛的南侧向东驶去。

剩下的海女们将老商贩围在中间唱起歌来。

峡湾的水清澈碧绿。在还没有被波浪搅浑之前，被红色海藻包围的岩石浮在水面上清晰可见。其实那些是很深的海底下的岩石，但在波浪通过时，被鼓上来了。波纹和飞溅的泡沫在海底岩石上落下影子，波浪一涌上来便粉碎在海滩上了。于是海浪犹如深深叹了口气一般，声音响彻整个海滩，盖住了海女们的歌声。

一小时过后，船从东边海滩驶回来了。因为是比赛，比平时累了十倍多的海女们，留着上半身相互依偎，沉默着看向各自喜好的方向。湿透了的凌乱的头发，和旁边人的缠在一起，区分不开。也有抱着互相取暖的两人。椒乳冷得起鸡皮疙瘩，明亮的光照，将她们黝黑的身体照成像苍白的溺水者死尸一般。岸上热闹的迎接与这安静、平稳前行的船只很不相称。

八个海女下了船，立即瘫倒在篝火旁边的沙地上，说不出话来。从每个人手里接过水桶来的商贩，仔细清点，大声数起鲍鱼的数量来。

"二十只，初江第一。"

"十八只，久保夫人第二。"

得了第一和第二的初江和新治母亲，用疲惫得充血的眼睛互换了一下眼神。岛上最老练的海女输给了外地来的、技术娴熟的年轻海女。

初江静静地起身，去岩石背后领取奖品。然而拿来的却是面向中年人的棕色手包。少女把它塞到新治母亲手里。新治母亲喜形于色，脸颊通红。

"为什么给我……"

"我父亲对您说了些不好的话，我一直想着要给您道歉呢。"

"真是个好姑娘啊！"商贩叫道。大家也异口同声地称赞着，并劝母亲接收这份心意。于是她将棕色手包用纸小心翼翼地包好，夹在裸露的腋下，直爽地回礼。

"谢谢。"坦率的母亲迎面接受了少女的谦卑。少女也笑了。母亲心想：儿子挑的儿媳妇可真贤惠。岛上的政治总是这样进行的。

第 十 四 章

梅雨季节，新治过得不怎么安生。初江的信也中断了，让他有一种惶惶不可终日的感觉。他父亲之所以在八代神社横加干涉，恐怕是两人之间的来信被她父亲发现了。肯定是从此以后禁止女儿再写信了。

在梅雨季节还没过去的一天，照吉的机动帆船——"歌岛丸号"的船长来到了岛上，将"歌岛丸号"停靠在鸟羽岛。

船长首先去了照吉家里，然后去了安夫家。到了晚上，他去了新治的师傅——十吉家里。最后，他来到了新治家。

船长四十岁出头，养了三个孩子。虽然他因自己伟岸的身形颇为自豪，但实质上为人十分忠厚老实。他还是法华宗的虔诚信徒，盂兰盆节时只要在村里，他就会代替和尚诵经。船员们口中说的"横滨大嫂"和"门司大嫂"都是船长的情人。船长每次到达那些港口，都会带着年轻人去情人家里喝几杯。大嫂们衣着朴素，对年轻人照顾得很周到。

人们背地里都说他半秃是因为玩女人成性。船长也因此经常戴着金丝帽以正威严。

船长来了,当着母亲与新治的面,立即说有要事商谈,直奔主题。这个村里的男人,基本在十七八岁都去做炊事,在船上训练。炊事就是到甲板上见习。新治也快到那个年龄了。船长问他,你愿不愿到"歌岛丸号"上做炊事呢?

母亲沉默着。新治回答说,等我和十吉师傅商量一下再回复您吧。而船长说,这事已经得到十吉的认可了。

尽管如此,还有件奇怪的事。"歌岛丸号"是照吉的船。照吉是不会让他讨厌的新治到他船上去工作的。

"不,只要你成为一个好船夫,照大爷也会认可的。我说出你的名字,照大爷也答应了呀!反正你啊,只要努力干,把工作做好就是了。"

慎重起见,两人造访了十吉家。十吉也大力推荐,说虽然新治走了,对"太平号"来说也是种损失,但也不能耽误年轻人的前途啊!于是新治也答应了。

第二天,新治听到一个微妙的传言。据说安夫也作为炊事将在"歌岛丸号"上工作。但这不是安夫自愿的,是照大爷把这作为安夫和初江婚约的条件,才让安夫必须去船上工作的。

听了这个消息的新治,心中满是不安与悲伤,却也涌上来一缕希望。

新治和母亲为了祈求出海平安,两人一同去了八代神社参拜,求来一个护身符。

到了登船当天,新治和安夫在船长的陪同下,一同乘上联运船"神风号"前往鸟羽。给安夫送行的人有很多,其中也有初江,但看不见照吉的身影。给新治送行的只有母亲和阿宏。

初江没有往新治那边看。在船即将起航时,初江把嘴贴着新治母亲的耳朵,并交给她一个小纸包。母亲立即将它递给了儿子。

登船后,由于船长和安夫都在场,新治无法打开纸包看。

他远远眺望着歌岛的身影。此前他最爱这座岛,这座养育他的岛。而此刻他却发现自己无比想离开这座岛。接受船长提出的要求也是因为想离开这座岛。

看着岛隐没后,年轻人的心变得宁静了。和往常的出海打渔不同,今晚他可以不用回岛上了。他内心呼喊着:我自由了。他第一次感知到这样奇妙的自由。

"神风号"在蒙蒙细雨中前行。船长和安夫躺在昏暗的船舱里睡着了。安夫上船后还没有和新治说过一句话。

年轻人把脸贴着落着雨滴的圆形窗,借着光打开看了初江的纸包。纸包里装着八代神社的护身符、初江的照片和信。信里这样写道:

"今后每天,我都去八代神社祈祷新治平安无事。我的心是属于新治的。请你一定要健康地回来。为了能和新治你一同出海,我把我的照片给你。这是我在大王崎拍的哦……这次,父亲也没说什么,就是特意将新治和安夫一起安排在自己的船上,我觉得应该是有什么用意吧。我好像又看到了一丝希望。请你也不要放弃,加油!"

看了信的年轻人被赋予了勇气。他的手臂充满力量,感到身体有了活下去的价值。安夫还在睡觉。新治借着窗户的光,仔细端详着倚在大王崎巨松上的少女的照片。照片里,少女的裙摆被吹了起来。去年夏天,海风掀动白色连衣裙,吹拂着少女的肌肤。他记起自己也经历过被海风吹拂,感受到力量。

新治不舍得把照片收起来,一直看着。他把照片立在窗边,照片后烟雨蒙蒙的答志岛从右方缓缓移动过来。……年轻人的心再次变得不平静,希望让他的心感到苦闷。对他来说,这种苦恋已经不稀奇了。

"歌岛丸号"到达鸟羽时,雨已经停了。乌云散开,又金又白的微软的光线透过云层洒落下来。

停泊在鸟羽港的船基本都是小船只,一百八十五吨的"歌岛丸号"显得格外醒目。三人跳上雨后阳光璀璨的甲板,雨点顺着白色桅杆折射着光亮落下来。严肃的起重机在船上弯曲着身子。

船员们还没回来。于是船长带两人参观介绍了客舱。客舱是个八叠大的屋子，位于船长室的隔壁，厨房和餐厅的上方。舱内除了储物室和中央铺板上铺了席子以外，右侧还有双层床铺两张，左侧是一张双层床和轮机长的船铺。两三张女明星的照片，像护身符一样被贴在天花板上。

新治和安夫被安排睡在右边的双层床上。睡在这个房间的，除了轮机长，还有一等航海士、二等航海士、水手长、水手、操机手。但经常会有一两人出去值班，舱内这几张床铺就够用了。

船长随后带领两人参观了船桥、船长室、船舱和食堂，说了声："船员们回来前，你们就在客舱里休息吧。"说罢便离去了。留在客舱的两人相互对视，有些无助的安夫妥协了。

"终于只剩我们两人了。在岛上虽然发生过许多事，但接下来我们好好相处吧。"

"哦。"新治微笑着简单回了一句。

临近傍晚，船员们都回来了，基本都是歌岛出身的人，和新治与安夫都相识。还浑身酒气的他们，捉弄这两个新人，每天给他们安排各种各样的任务。

船是明早九点起航。新治立马被分配到了明早天蒙蒙亮时，把停泊灯从桅杆上卸下来的任务。停泊灯就像陆上人家的护窗板，灯熄灭了就像拉开了护窗板，代表着天要亮了，该起床了。这天夜里，新治久久不能入眠。他日出前便起床，就着周围泛白的天色，去卸下停泊灯。晨光被雨雾笼罩。海港的两列街灯一直延伸到鸟羽岛车站。车站那边响起了货物列车粗犷的汽笛声。

年轻人爬上了收起了船帆、光秃秃的桅杆。被打湿的桅杆冷冰冰的，舔着船腹，那荡漾的波浪准确地传到了桅杆上。停泊灯被烟雨中清晨第一缕光润色成了乳白色。年轻人将手伸向吊钩。停泊灯仿佛不愿被卸下似的大幅摆动，湿润的玻璃罩内闪烁着火焰，雨点落在年轻人仰起的脸颊上。

新治心想，自己下次卸下这个灯会是在哪个港口呢？

租借给山川运输公司作为运输船的"歌岛丸号"，去冲绳搬运木材，再返回神户港，来回约莫耗时一个半月。船经过纪伊航道驶向神户，从濑户内海往西，到达门司接受海关检疫。从九州东岸南下，在宫崎县日南港海关办事处领取出港证。

九州南端的大隅半岛东侧有个叫志布湾的海湾，面临福岛港。福岛港位于宫崎县的尽头，火车在开往下一站的途中，会越过宫崎县与鹿儿岛的交界处。"歌岛丸号"需在福岛港装卸货物，装载三百九十二立方米的木材。

离开福岛后，"歌岛丸号"就和远洋船一样了，从那里出发大约需要两天两夜才能到达冲绳。

在没有装卸任务的时候，船员们会躺在客舱中央的三叠榻榻米席上，听手提式唱片机。唱片仅有几张，大部分都磨破了，唱针也生了锈，发出沙哑的声音。几乎每张都是以回忆海港、水手、迷雾、女人，和对南十字星和酒的感叹告终。轮机长是个音痴，每次出航都想学一首歌，但经常记不住，等到下次出航时就全忘了。船一剧烈地摇晃起来，唱片针便倾斜滑落，损坏唱片。

到了晚上又会有彻夜的讨论。主题是"关于爱情和友情""关于恋爱和结婚""是否有与生理盐水同样效果的葡萄糖注射液"等，一讨论便会花上很长时间。最终能坚持讲到最后就是胜利。岛上的青年会支部长安夫，讲得头头是道，赢得了前辈们的赞许。而新治仅是默默地抱着膝，笑眯眯地听着大家的意见而已。轮机长有一次对船长说，他肯定是个傻蛋。

船上的生活十分忙碌。一起床便要开始清扫甲板，所有的杂物都会交给新手干。其他人对安夫的懒惰也渐渐看不下去了。他的态度是，只要干完该干的就好了。

因为新治包庇着安夫，帮他一起干活，所以那种态度一下子也不会被发现。但直到有一天，在清扫甲板的安夫，装作去厕所的样子，跑到客舱去偷懒，这时被水手长发现，愤怒地训斥了他。安夫却很不妥地说：

"反正等我回到岛上就是照大爷的女婿了。到那时候这船就是我的啦。"

水手长勃然大怒,但又担心事情真会发展成那样,便没有当面训斥安夫,而是把这个不听话的新手的回答告诉了同事。结果,反而对安夫更为不利了。

忙碌的新治要不是借每晚睡觉前或是值班的空闲时间,忙得连看初江照片的时间也没有,这张照片他是不会让任何人看到的。一天,安夫又吹嘘起自己即将成为初江的夫婿,新治这回罕见地费了心机报复了回去。他问:"你有初江的照片吗?"

"啊,有啊,有的。"

安夫立即回答道。新治知道他一定在骗人。他的心感到无比幸福。而后,安夫又若无其事地问道:

"你也有吧?"

"有什么?"

"初江的照片呀!"

"不,没有。"

这恐怕是新治出生以来头一次撒谎了。

"歌岛丸号"到达那霸后,需接受海关检疫,随后入港、卸货。船被强行停靠了两三天。因为要运回内地的铁屑必须要从运天装货,而运天是不开放港口,需取得通行证才可通行,而通行证迟迟未能下发。运天位于冲绳岛北部,是战争期间美军最先登陆的地方。

一般船员不允许上岸，每天只能在甲板上眺望岛上那光秃秃的山丘度日。当时驻扎的美军害怕有残留的炸弹，就将山林都烧毁了。

战事虽已过去，但岛上依旧是那番不同寻常的景象。战斗机演练的爆破音终日不绝于耳。沿港铺设的广阔的水泥地，在亚热带夏日的阳光下闪耀，路上有无数来来往往的车辆。有私家车、货车，还有军用车。沿道路建造的美军基地的房屋，油漆散发着光芒，民用房屋都被摧毁了，只剩修修补补的白铁皮房顶成了煞风景的斑驳。

能够上岸的，只有在山川运输承包公司办事的一等航海士一个人。

入运天的通行证终于下来了。"歌岛丸号"驶入运天港，装载完了铁屑。那时，报道说台风即将袭击冲绳半径范围内的地方。为了尽早起航，避开台风圈，船一大早便出港了。之后一路向内地进发。

清晨下着小雨，吹着西南风，波涛汹涌。

背后的山川没过一会儿就看不见了。"歌岛丸号"靠着指南针，在视野狭窄的海上行驶了六个小时。晴雨表迅速下降，波涛翻滚得更高了，气压也跟着下降，这一切都不是寻常景象。

船长决定返回运天。这时雨被风刮得纷纷扬扬，视野全然模糊不清，回去的这六个小时变得极为困难。终于看到运天的山了。水手长对这里的地形十分熟悉，站在船头视察着。由于海港四周两英里都被珊瑚礁包围着，也没有浮标，要穿过这条狭缝中的航路变得十分困难。

"停……走……停……走。"

"歌岛丸号"走走停停，放慢速度，进入了珊瑚礁的狭缝中。这时已经是下午六点了。

一艘柴鱼船躲在珊瑚礁内避难。亏了那艘船用几条缆绳将两艘船的船舷挂在一起，牵拉着"歌岛丸号"，"歌岛丸号"才得以进入运天港。港内虽然波浪小，风力却很强。船舷并排的"歌岛丸号"和柴鱼船，将各自的船头用两条缆绳和钢索系在港内大约三叠大的浮标上。

"歌岛丸号"上没有无线设备，只能靠指南针的指向航海。于是柴鱼船的无线电灯塔长将台风的路线、方向等情报逐一告知给"歌岛丸号"的瞭望台。

到了夜里，柴鱼船会每次派四个人到甲板上看守，"歌岛丸号"每次派三人出去看守。因为不能保证缆绳和钢索绝对不会断。

浮标还有没有留着已经让人不安了，但缆绳有没有断才是更让人担心的。看守工作要干的就是，一边与风浪斗争，一边冒着危险将缆绳用海水浸湿。因为缆绳一干燥就容易断。

晚上九点，这两艘船被时速二十五米的台风包围了。

晚上十一点后，是新治、安夫和一个年轻水手值班。三人撞上墙，匍匐在甲板上。飞溅的水花像针一般刺在脸颊上。

在甲板上无法站立。甲板犹如墙壁一般竖立在眼前。整艘船都在轰隆作响。港内的波浪虽不至于冲到甲板上，但风卷起的水浪飞沫像飞雾一般遮住了视线。三人匍匐着前进，好不容易来到船头的木桩处，紧紧抱住。因为是这根木桩把两根缆绳、钢索和浮标联结在一起的。

夜里，前方二十米处的浮标隐约可见。白色的东西在黑暗中仅仅能显示出其所在的位置，并伴随着悲鸣般的钢索的咯吱声，撞击着剧烈的风浪，船被高高地抬了起来。浮标在黑暗中变得又远又小。

三人抱着木桩，相视无言。吹到脸上的海水几乎使眼睛睁不开。风的嘶吼与海的鸣叫，将三人锁在无尽的黑夜里，却反而有了种暴风雨中的平静。

他们的任务是看守缆绳。缆绳和钢索紧紧地系着浮标和"歌岛丸号"。所有东西都疯了似的疾风中摇摆，只有那绳索坚定地划出一道线。盯着那里看，便给他们三人的心中注入一种由集中注意力而产生的确信感。

有时会感到风突然停止。在那一瞬间，反而使三人更加战栗。

而后飓风又忽然猛地袭来,压弯了桅杆,惊人的巨响向他们盖去。

三人一言不发地看守着缆绳。缆绳在风声中断断续续发出尖锐的声响。

"看这个!"

安夫提起了嗓门。钢索发出的声音有了不好的预兆。绑在木桩另一端的钢索有些错位了。三人发现眼前的木桩有了一些微妙、不好的变化。这时候,在黑暗中反弹过来一根钢索,像鞭子一般一闪,打在木桩上,发出轰鸣。

三人瞬间伏下身来,避免断了的绳索打到身体。要是打到了,一定皮开肉绽。钢索犹如不死生物,发出高亢的声音,在甲板上到处弹跳,划出一个半圆,而后又安静下来。

好不容易观察清楚事态的三人,脸色骤然变得苍白。连接船的四根绳索中的其中一根断开了。剩下的一根绳索和两根缆绳也很难保证什么时候会断。

"报告船长吧。"

安夫这样说着离开了木桩。他抓着东西跌跌撞撞地前进。到达瞭望台的安夫向船长报告了情况。魁梧的船长很冷静,至少看起来是这样的。

"是吗?该用上保险绳了吧。台风在凌晨一点左右吹得最猛,现在系上保险绳就绝对安全。谁游过去把保险绳系到浮标上去?"

船长把瞭望台的事委托给二等航海士,自己和一等航海士随安夫来到甲板。他们像老鼠拖饼一样,将保险绳和新的钢索跌跌撞撞地从瞭望台缓缓拖到了船头的木桩。

船长弯着腰大声说道:

"有人能去把这保险绳系到对面的浮标上吗?"

风的呼啸盖住了四人的沉默。

"没有人去吗?窝囊废!"

船长大声斥责道。安夫抖着唇,缩着脖颈。新治用爽朗明亮的声音喊起来。这时,在黑暗中可以看到他洁白美丽的牙齿露出来,就知道他确实是微笑着说道:

"我来。"

"好,来吧。"

新治站起来,他为刚才缩头缩脑的自己感到羞愧。在黑暗深处,狂风袭来打在身上,他在摇晃的甲板上稳稳地站住脚。对于习惯在恶劣天气出海捕鱼的他来说,这只不过是大自然心情有些不悦而已。

他侧耳倾听着。飓风在他英勇的头顶呼啸而过。不管是在大自然安静午睡时,还是在这般狂野的宴席上,他都有被招待的资格。汗水把他的浴衣内侧都润湿了,脊背和胸脯也润湿了。他脱下雨衣。于是穿着白色圆领T恤、赤着脚丫的年轻人的身姿在暴风雨的黑暗中闪现着。

船长指挥四人,把保险绳一端系在木桩上,另一端系在钢索上。作业被风阻挡着无法进行。

绳索一被系上,船长就将绳索另一端递给新治,并在他耳边叫道:

"把这个缠在身上游过去。这次把保险绳绕到浮标上去。"

新治在腰带上缠了两圈绳索。他站在船头,眺望大海。粉碎在船头的波浪和水花下,是黑暗中看不见的翻滚着的波涛。这是不规则的反复运动,是隐藏着支离破碎的反复无常。刚觉得它要逼近,又退去,形成漩涡,只见无底的深渊。

这时新治的心中,闪过放在客舱上衣内兜里的初江的照片。但这种突然的想念又被风吹散了。他踩住甲板,纵身一跃跳进了大海。

离浮标还有二十米。纵然他自信有不输任何人的臂力和环游歌岛五周的泳技,但他也没有把握游完这二十米。他的手臂涌来一股可怕的力量。如同有看不见的棍棒一般,打在那想要切断波浪的手臂上。他的身体不由得浮了上来,刚想要使劲与浪涛奋战斗争,脚却像被吸附住一样,使的力都白白耗费了。相信自己已经来到可触到浮标的地方的新治,从浪涛里抬起双眼,发现还是停留在和原来一样远的地方。

年轻人使尽浑身解数地游着。一个巨大的东西奋力往前开辟着道路,就像岩石机凿开坚固的岩石一般。

手触到浮标的时候,年轻人的手一滑,又被退了回来。幸好这次波涛将他的胸脯几乎撞在了浮标上,他一鼓作气爬到了浮标上。新治深吸一口气。风堵住了他的嘴和鼻孔。那个瞬间,他感觉快要窒息了,一瞬间他都忘了下一步要做什么。

浮标完全置身于黑暗的大海之中,大幅摇摆着。浪涛不断冲击着他的半边身子,又哗啦啦地流淌下来。为了不被吹走,新治俯下身来,解开身上的钢索。结扣被浸湿了就很难解开。

新治拉着解开的绳索。这时才第一次看到船那边的样子。在船头的木桩处,四个人的身影仿佛被固定住了。柴鱼船船头的看守员们也往这边注视着。虽然仅仅二十米距离,看起来却十分遥远。被拴在一起的两艘船的黑影,携着手一齐忽而升高,忽而下沉。

细绳索相对风的阻力较小,操作起来也相对轻松。忽然前方的重量增加,要开始操作直径十二厘米的保险绳了。新治差点被拉进海里。

保险绳相对风的阻力很大。年轻人好不容易才抓住绳索的一端。那绳索粗得都快要脱出他坚实的大手掌了。

新治很难使上力。即使想岔开脚,风力也不允许他这么做。只要一不留神被绳索拉着走,就会掉入大海。他润湿的身体在燃烧着，脸颊也红彤彤地烧着，太阳穴剧烈地鼓动着。

将保险绳在浮标上绕一圈后操作就变得轻松了。因为那里产生了支点，保险绳反而成了新治身体的依托。

他绕了第二圈后便沉着地打了个结固定。他举起手示意作业成功了。

他清楚地看见船上的四个人在回应着招手。年轻人这时忘记了疲劳。快活的本能苏醒过来，衰退的精力重新涌了出来。迎着暴风雨，他尽情地深吸一口气，纵身跃进海里，原路返回。

他们将绳索扔进海里救新治上来。爬上甲板的年轻人，被船长的大手掌拍了拍肩膀。他疲劳得近乎要失去意识，只靠着他那男子汉的气概强撑着。

船长命令安夫扶新治到船舱内休息。没有在值班的船员为新治擦了擦身体。年轻人在床上躺下，沉沉地睡着了。不论暴风雨怎样肆虐，也不能阻挡他满足地进入梦乡。

……第二天清晨，新治一睁开眼，枕边便洒下明朗的阳光。从床铺的圆形窗口，他看到飓风过后澄明的天空，被亚热带阳光照耀得光秃秃的山，还有风平浪静、闪烁着光的海面。

第 十 五 章

歌岛丸号比预期迟了几天才回到神户港。当船长、新治和安夫回到岛上时，已然错过原本应该赶上的、八月中旬的盂兰盆节了。在"神风号"联运船的甲板上，三人听着这期间岛上的新闻。在旧盂兰盆节的四五天前，古里海滨爬上来一只大海龟，只是这海龟当场就被杀了，取出了一桶子龟蛋。每个龟蛋以两日元的价格被卖了。

新治去了八代神社还愿，又随即被十吉宴请招待。不会喝酒的新治被灌了好几杯。

过了两天，新治又乘着十吉的船出海捕鱼了。新治丝毫没有说航海时的事情。可十吉却已经从船长那里打听得一清二楚。

"听说这次航海你大显身手啦？"

"没有啦。"

年轻人脸皮薄，被十吉这么一说，微红了脸，没有再说更多。若是遇到那些不知其品行的人，没准还以为这一个半月他在哪儿睡大觉呢。

过了一会儿，十吉用若无其事的口吻问道：

"照大爷没来说什么吗？"

"嗯，没说什么。"

"是这样吗？"

谁也没有提及初江的事，但新治也没有感到特别寂寞。在三伏天摇摇晃晃的船上，新治全身心地投入这熟悉的劳动中。这种劳动犹如好的衣服一般，让他觉得身心舒畅，根本无暇顾及其他的烦恼琐碎。

他被一种不可思议的满足感萦绕着。虽说傍晚时分行驶在海面上的白色货船影子，与之前所见时相比已然成了另一种事物，可它又给新治带来了新的感动。

"我知道那艘船的去向。我知道船上的生活，也了解那些艰难险阻。"

新治觉得至少那艘白色的船已没有了未知的影子。那艘喷着长长的浓烟、渐行渐远的白色货船的影子里，夏日傍晚的黄昏中，存在着比未知更引人入胜的东西。年轻人想起自己使出浑身解数拉求生索时的重量。在不久之前，新治确实用他强健有力的手掌触碰了一次那曾遥不可及的"未知"。他觉得自己也能触及海面上的那艘白色船只。他像个顽童，向着已被盖上浓厚夕阳影子的海面伸出了骨节分明的五指。

暑假业已过半,可千代子迟迟未归。灯塔长夫妇左思右盼,等着女儿归来。他们寄出了催促的信件,却不曾获得回音。无奈之下,他们只得再次寄出信件询问缘由,终于过了十天,才盼来了回信。信上寥寥数语,并未说明不归的理由,只写了这次暑假不归岛而已。

母亲终于想出了哀求的法子,寄了一封写了足足有十来张信纸的信倾诉衷肠,央求着女儿归岛一聚。等收到来自女儿的信件时,暑假已经所剩无几,恰好是新治回岛以来的第八日。信中所书内容着实让母亲惊愕不已。

千代子在信里向母亲坦白,在暴风雨那天,她看到从石级相互依偎走下来的新治和初江两人,并将此事告诉了安夫,使新治与初江陷入了困境。之后千代子的心一直饱受罪恶感的煎熬。她在信里写到,若真是因为自己一言之失,令新治和初江不能修成正果,自己实在无法装作若无其事,厚着脸皮归来。所以,如果母亲能够费心做中间人,说服照吉,让两人共结连理,自己也能卸下心头包袱,安然归岛。

看着这洋溢着悲剧色调的信件,善良的母亲不禁惊骇不已。她觉得自己要是不采取点适当的措施,可能女儿会因无法承受良心的谴责而去自杀。灯塔长夫人所涉颇广,读过各种各样的书,看过那些个妙龄女子因些许琐事便自杀的可怕案例。

她决定不把女儿的信件给丈夫看,自己得赶紧想办法解决好所有事,让女儿赶紧回岛上来。灯塔长夫人换上出门穿的白麻质地西装裙,恢复了昔日去学生家长那里解决棘手问题时女校长应有的风采。

她顺着下坡往村里走去。路边有户人家,家门前铺着草席,草席上晒着芝麻、红豆、大豆之类的。芝麻小小的青色种子,沐浴着晚夏的阳光,在色泽鲜艳的草席的粗纹上,投下一个个可爱的、纺锤形影子。从这里眺望大海,今天的浪涛并不高。

夫人穿着白色拖鞋,发出轻轻的脚步声,踩着村里的水泥主干道走下石级。她听到欢乐的笑声、有节奏地拍打湿了的衣服的声音。

仔细一看,发现是在沿道小河边,六七个穿着便服的妇女在洗衣服。海女们在旧历盂兰盆节过后就只偶尔去采采海带,剩余空闲的时间就用来洗洗积攒下来的脏衣服,其中也有新治母亲。她们谁都不用肥皂洗衣服,就把衣服摊开在石头上用脚踩踏。

"哟,太太,今天上哪儿?"

妇女们齐声招呼道。便服被卷起,裤脚内黑色的腿,倒映在河中晃动着。

"去一下宫田照吉先生那儿。"

这样回答的夫人，看着新治母亲，觉得不打一声招呼就去解决人家儿子的事情有些别扭，于是沿着石头道，踩着铺满青苔、容易摔跤的石级往河边走下去。穿着拖鞋十分危险。她背着河道，边时常回过头往河边偷看，边抓着石级往下走。一个妇女站在河正中间，给夫人搭了一把手。

夫人下到河边，脱下拖鞋，赤着脚蹚过小河。

对岸的妇女们看着这冒险的举动，被吓得目瞪口呆。

夫人抓着新治母亲，在她耳边讲了些悄悄话，可是笨拙地被周围的人听到了。

"其实吧，在这种地方说不大好啊，但新治和初江的事后来怎么样了？"

新治母亲对这突如其来的问题瞪圆了眼。

"新治喜欢初江吧？"

"啊，是吧……"

"但照吉先生从中阻止了吧？"

"嗯，是……所以有点难熬啊！"

"那初江她自己怎么想啊？"

其他的海女兴致盎然地听着这悄悄话。首先一讲到初江，自从上次那个商贩搞了比赛以后，大家都成了初江的伙伴，从初江那里听到了她的心里话，大家一致反对照吉的做法。

"初江也很喜欢新治啊,夫人!真的。虽然这么说,但照大爷却想把那没出息的安夫招为上门女婿,天下哪有这么傻的事啊?"

"所以说嘛!"夫人用讲课时的语调说道,"我女儿从东京寄恐吓信给我,说一定要促成新治和初江两人。然后我就想去照吉先生家谈谈这事呢,但想想还是得先来听一下新治母亲的想法啊!"

新治母亲拿起被踩在脚下的儿子的睡衣。她慢慢将它拧干,然后陷入沉思。没过一会儿,母亲便向夫人深深鞠了一躬,说道:

"那就拜托您了。"

其他海女也被狭义心驱使,活像河边的水禽一般,纷纷热闹地讨论起来。她们觉得代表村里的女人和夫人一同去,会让照吉被这人数所折服,可能对事情比较有利。夫人也同意了,于是除了新治母亲以外的五个海女,赶忙洗完、拧干衣服,然后拿回家里,和夫人约好在去照吉家路上的拐弯处会合。

灯塔长夫人站在宫田家昏暗的泥地屋里。

"你好,有人吗?"

她用充满张力的声音喊道。但没有应答。五个晒得黝黑的妇女像仙人掌一般热情地从屋外探进头来,闪烁着目光,探视着屋里。夫人再一次打了声招呼,声音在空荡荡的房间里回响。

不久,便从楼梯传来咯吱声,穿着浴衣的照吉走下来了。初江好像不在家。

第十五章 | 145

"哟，是灯塔长夫人啊！"

照吉端正地站在门框处嘟囔了一句。看了他绝不露出热情好客的脸和他如鬃毛一般的倒立的白发，一般客人都会想要逃跑。夫人虽也有点胆怯，但还是鼓起勇气说：

"有点事想找您谈谈。"

"是吗？请进来吧。"

照吉转过身，随即登上了楼梯。夫人紧跟其后，五个海女也跟在后面压着脚步声上楼了。

他招呼夫人到二楼里面的客厅就座，自己坐在壁龛①柱前。他对多出来的六个客人没有露出太惊讶的神色。他无视客人，往敞开的窗户那边看着。手上把玩着印着鸟羽药房广告的美人画团扇。

窗户下方就能看到歌岛港。防波堤内吊着一艘船，是公社的船。在伊势海的远处飘着夏天的云朵。

因为屋外光线太过明亮，屋内就显得很暗了。壁龛上挂着祖先——三重县知事的墨迹，雕刻着错综复杂的树根，利用纤细的分杈树枝雕成鸡冠和鸡尾，形成一只报晓鸡，如同树脂一般散发着光泽。

没有铺桌布的紫檀桌的一侧坐着灯塔长夫人，入口卷帘处坐着

---

① 最早在宗教上是指排放佛像的小空间。现是一种装潢设计，在墙身上所留出的、用来作为储藏设施的空间。

的五个海女，不知刚才的气势都到哪里去了，活像在做便装展览一般坐着。

照吉一言不发，没有理睬她们。

沉默带着夏天午后的闷热压在心头，屋内只有飞旋着的几只大银苍蝇嗡嗡叫着，占据着这沉默。

灯塔长夫人擦了好几次汗，终于开口讲话了："我想要说的就是府上的初江小姐和久保家的新治的事……"

照吉的头依然扭向一边，须臾之后才冒出一句话来：

"你是要说初江和新治的事吗？"

"正是。"

照吉这才把头扭过来，没有一丝笑容地说道：

"那事已经决定了。让新治做初江的夫婿。"

女客人们就像决堤似的一片骚动。照吉一向无视客人的情绪，自顾自继续说道：

"虽然这样，但我看他们还太年轻，现在先定亲，等新治成年了再正式举行婚礼。听说新治母亲也过得不容易。也可以由我来养新治母亲和弟弟，商量之后就可以按月给他们生活费。虽然这话对谁都还没有讲过。

起初我也很生气，可一把他们俩分开，初江也像丢了魂一样，我想这么下去也不是办法，就想了个招。让新治和安夫一起上我的船做事，看看他们谁是更有出息的男子汉。所以就拜托了船长。这事也没让船长告诉十吉，十吉也什么都没跟新治说。后来船长十分喜欢新治，说没有比这更好的女婿了，说新治在冲绳大显身手了。我也重新考虑了一下，决定就让他做我女婿吧。事情大概就是这样。"

照吉加强了语气。

"男人就是要看气概嘛！有男子汉气概就是好样的。歌岛的男子汉就必须得这样。家境、财产都是次要的。你说对吧，夫人？新治很有男子汉气概啊！"

第 十 六 章

此时的新治已经可以公然出入宫田家的大门了。这天晚上,他捕鱼回来,穿着干净整洁的白色翻领衬衫和长裤,两手各拎了一条大鲷鱼,站在门口温柔地喊着初江的名字。

初江早已等候着了。两人相约去灯塔和神社,报告他们的婚事并行礼感谢。

泥地间那块地方的夕阳还很明亮。从里面走出来的初江穿着上次从商贩那里买来的印着大朵牵牛花的白色浴衣。那白色在夜里显得尤为鲜艳。

新治一只手扶着门框,在门口等着初江。初江出来的时候,新治低着头,用穿着木屐的一只脚边驱赶边嘟囔着:"这蚊子可真是不少啊。"

"是啊。"初江应了一声。

两人登上八代神社的台阶。两百级的台阶没必要一口气就爬上去,他们俩一级一级往上爬着,像是在细细品味着什么一般。到了一百级台阶处,他们发现再这么爬上去就太可惜了。年轻人想牵起手来,但鲷鱼阻碍了他们。

大自然仿佛也十分眷顾他们。待到两人登完台阶直至登顶时,回头远眺底下的伊势海,只见黑压压的夜幕上缀满了晶莹透亮的繁星,至于那云层,不远不近地横卧在知多半岛①方向,偶有耀眼刺目的闪电闪烁其中。此刻的大海并不澎湃,是以那海浪声不甚剧烈,"哗……哗……哗……"听起来像是大海沉睡的鼾声一般,富有规律且十分安详。

两人穿过松林,前去简陋的神社参拜。年轻人很得意自己的击掌声能响彻四周,便再一次击了击掌。初江低头祈祷着。或许是由于身上穿着白色浴衣,她细长柔美的脖颈反而看起来不若往日那般白皙,可是对新治来说,这不甚雪白的脖颈竟然比任何白皙的脖颈都更具吸引力。

先前向神灵祈祷的愿望都——实现的年轻人,心中泛起了浓郁的幸福感。两人祷告了许久,他们觉得正是因为自己从来都没有怀疑过诸神灵,所以才得到了诸神的保佑。

神社办公室里灯火通明。新治打了个招呼,神官从开着的窗户里探出头来。新治说话有些啰唆,神官一时也没弄明白两人来此

---

① 为日本爱知县西部,名古屋市以南的一个半岛。

的意图。最终，经过双方多次沟通，神官们才明白过来。新治把打算供给神灵的鱼拿了出来。神官愉快地接过这尾肥硕的大鲷鱼，又想到不久后自己将要主持这场婚礼，便为这对新人送上了衷心的祝福。

从神社后方爬上松林道的两人，此刻才感觉到夜间的凉爽。夜幕降临，茅蜩还在啼叫。前往灯塔的道路很险峻。因为空了一只手出来，新治牵起了初江的手。

"那个我啊，"新治说道，"我想以后去考航海技术证，考个一等航海士，大副什么的回来。等我满二十岁，就可以参加考试了呢。"

"太好啦。"

"等我拿到证书，我们就举行婚礼吧。"

初江没有回答，粉面飞霞，笑得十分腼腆。

转过女人坡，快要接近灯塔长宅邸时，在玻璃窗前，正准备晚饭的夫人的身影晃动着，像往常一样叫喊着。

夫人打开门，看见薄暮下伫立着的年轻人和他的未婚妻。

"哟，你们一起来啦。"

夫人好不容易用双手才接过来那条大鲷鱼，高声喊着："孩子他爸，新治送了好大一条鲷鱼来。"

很怕麻烦的灯塔长，在里屋还没站起来就叫喊道：

"又麻烦你啦。谢谢啊。这次要祝贺你啦。快进来吧。"

"来吧，快进来。"夫人补充道，"明天千代子也要回来喽！"

完全不知自己给千代子带去过感动和各种困惑的年轻人，就这样听着夫人唐突的补充，脑子里也不知道在想些什么。

两人被挽留着用餐，还被灯塔长提议，在回去的路上去参观了灯塔，足足花了一小时。新来岛上的初江，还一次都没有去看过灯塔内部。

灯塔长首先带两人参观了值班小屋。从宅邸出发，经过昨天刚刚播种下萝卜种子的小田地，再登上水泥台阶就是值班小屋了。位于那座高台山边的灯塔，值班小屋就在濒临断崖的地方。

灯塔的亮光给值班小屋面临断崖的一侧划出了柱子一般的光雾，从右往左横切移动着。灯塔长打开门走进去，点起灯。照亮了窗柱上挂着的三角尺、整理得整整齐齐的桌子和桌子上船舶通行报告簿，还有面朝窗户的三脚架上放着的望远镜。灯塔长打开窗，亲自调节望远镜，调到适合初江身高的位置。

"哇！好美。"

初江用浴衣袖子揩了揩镜头，再次看了看，欢呼起来。

新治用出色的视力，给初江所指方向的灯做了说明。初江依旧眼睛贴着镜头，指着东南方向海面上星星点点的数十盏灯。

"那个吗？那个是燃机船船底拖网的光。都是爱知县的船哦。"

海上无数的灯光与空中无数的繁星好像一一呼应似的。眼前是伊良湖水道灯塔的光。伊良湖水道城镇的灯光在灯塔背后散落着。左侧，篠岛的灯光也隐约可见。

在左边能看到知多半岛野间崎的灯塔。在右边能看到丰滨街固定的街灯。中央的红灯，是丰滨港防波堤的灯光。再一直往右，就是山顶上航空灯塔熠熠生辉的灯光。

初江再次欢呼起来。因为镜头的视野里驶进了一艘巨轮。

那真是非常漂亮的、肉眼不可见的明晰而奇妙的影像。年轻人和他的未婚妻相互谦让，看在镜头里缓缓行驶着的船的身影。

那船好像是艘载了两三千吨的客货船。可以清晰地看见供船客散步的甲板上，放着几张铺着白色桌布的餐桌和椅子。那里一个人都没有。

那个像食堂似的房间内，可以看到涂着白色沥青的墙壁和窗户，忽然从右边出现一个穿着白衣服的侍从，从窗前走过去……

过了不久，亮起绿色的前灯和后桅杆灯的巨轮，离开了镜头，穿过伊良湖航道，往太平洋驶去。

灯塔长带两人参观了灯塔。一楼有注油器、煤油灯和散发着油臭味的油罐，发动机发出轰鸣，震动着。爬上狭窄的螺旋楼梯，来

第十六章

到屋顶上孤独的圆形小屋，里面静悄悄地安居着灯塔的光源。

两人从窗户望见，那束光在昏暗的、翻滚着波涛的伊良湖航道上，从右往左茫然地横切过去。

灯塔长灵机一动，将两人留在那里，自己沿着螺旋楼梯下楼去了。

圆顶小屋被磨得光亮的木头墙壁围绕着。黄铜做的零部件闪烁着独有的金属光泽，透过厚重的镜头保持连闪白光的速度，五百瓦电灯的光源扩大为六万五千瓦的光照，缓缓地旋转着。圆壁之上是镜头的影子，在明治时期灯塔特有的叮叮运转声下，绕到了这对年轻未婚夫妻的背后，此时他们俩正把脸蛋儿凑到窗前。

两人贴得很近，近到彼此都能感受到像是要把脸颊贴在一起，就连那种在他们内心燃烧着的热情也是……而后，两人眼前是一片毫无预兆的漆黑，灯塔耀眼的光照白茫茫且有规律地照过其间，透镜的影子扫过白色衬衫与白色浴衣的脊背，随后将四下的黑暗扭曲了。

这时新治陷入了思考，尽管经历了那样的艰辛，结果还是在道德上获得了自由，他们从来没有离开过神灵的保护。也就是说，这座被暗黑笼罩的小岛，守护了他们的爱情，使他们成功地获得爱情……

突然，初江对着新治笑了，她从袖口里拿出一枚小小的桃色贝壳给新治看。

"你还记得这个吗？"

"当然记得。"

年轻人冲着初江露出一口洁白的牙齿，笑了。接着他从自己衬衫胸口的口袋里掏出小小的初江的照片，递给他的未婚妻。

初江轻轻地摸了摸自己的照片，很快就把它还给了新治。

少女明媚的眼睛里浮出一股自豪感。她觉得是自己的照片守护了新治。但是这时候，年轻人挑了挑眉，新治知道这次之所以能够战胜险境，靠的完全是自己的力量和智慧。